攥着六指和尚给的信封，柳素贞慢腾腾地往回走着。忽然，怀里的小俊杰睁开了眼睛，朝她笑了。柳素贞想到了什么，回头，对着六指和尚的背影说着："师父，我也曾是个善良的人。我本着心、贴着心帮过不少人，东头的老顾，到如今还领着低保金呢。小学里几个留守儿童，都认我做干妈了。我还做了残联副主席。我也有向佛的心，只是不知怎的，半道里入了岔口。可是，我手里满着的，就剩下了俊杰！"

几只鸟飞上天空。寺庙里的钟响起，咚，咚，咚。一声菩提，一声空。

众生本良善，时遇不多言。六指和尚转过身，把六指又藏到了袖子里。

启明

年轻人的好运气

庞羽 著

河北出版传媒集团
河北教育出版社

年轮典存丛书

编者荐言

中国当代文学已走过七十多年，每一次文学浪潮的奔腾翻涌，都有彪炳文学史的作家留下优秀作品。

回首20世纪七八十年代，改革开放开启了中国当代文学持续至今的繁盛，由于几百家文学刊物的存在，中短篇小说曾是浩荡文学洪流中的浪尖。然而，以1993年“陕军东征”为分水岭，长篇小说创作成为中国文坛中独立潮头的存在，衡量一个作家的创作成就及一个时期的文学成果，往往要看长篇小说的收获。中短篇小说的创作和读者关注度减弱，似乎文学作品非鸿篇巨制不足以铭记大时代车轮驶过的隆隆巨响。

进入21世纪，特别是党的十八大以来的新时代，我们乘着光纤体验世界的光速变迁，网络文学全面崛起，读图时代、视频时代甚至元宇宙时代的更迭，令人应接不暇，文学创作无论是体裁还是题材都呈现出一种扇面散播效应，中短篇小说创作也再度呈扇面式生长，精彩纷呈。

为此，我们特编辑了这套“年轮典存丛书”，以点带面地梳理生于不同年代的当代优秀作家的中短篇小说精品，呈现不同代际作家年轮般的生长样态。

我们不无感佩地看到，生于1940年前后的文学前辈，青年时已是文坛旗手，在当下依然保持着丰沛的创作力，他们笔耕不辍，使当代文学大树的根扎得更深。

“50后”一代作家已走过一个甲子，笔力越发苍劲。他们不断返回一代人的成长现场，返回村镇故乡、市井街巷；上承“40后”的宏大命运主题，下接烟火漫卷的无边地气；既广受外国文学的影响，又保有中国古典文学的高蹈气质。

在“60后”这一中坚力量的年轮线上，我们能看到在城乡裂变、传统向现代过渡的进程中，一代人的身份确认、自我实现，以及精神成长的喜悦和焦虑。

“70后”作家因人生经验与改革开放四十年紧密相连而被称为“幸运的一代”和“夹缝中壮大的一代”，也是倍受前辈作家的成就影响而焦虑的一代。如今已与前辈并立潮头，表现不俗。

而作为“网生一代”的“80后”和“90后”，他们的写作得到更多赞誉的同时，也承受了更多挑剔和质疑。但经过岁月淘洗，我们欣喜地看到，曾经的文学小将已在文坛扎扎实实立稳脚跟，相继以立身之作进入而立和不惑之年。

六代作家七十年，接力写下人世间。宏阔进程中的21世纪中国当代文学，正在形成新的文学山峰的山脊线。短经典历久弥新，存文脉山高水长。

目　录

CONTENTS

我不是尹丽川

妈　妈

十三岁时我问
活着为什么你。看你上大学
我上了大学，妈妈
你活着为什么又。你的双眼还睁着
我们很久没有说过话。一个女人
怎么会是另一个女人
的妈妈。带着相似的身体
我该做你没做的事吗，妈妈
你曾那么的美丽，直到生下了我

自从我认识你，你不再水性杨花

为了另一个女人

你这样做值得吗

你成了个空虚的老太太

一把废弃的扇。什么能证明

是你生出了我，妈妈

当我在回家的路上瞥见

一个老年妇女提着菜篮的背影

妈妈，还有谁比你更陌生

这就是我姐姐尹丽川的诗。我叫尹绯绯。

鲜血喷溅出来。我的开心消消豆到了12级。她哀叫了一声，我抬头望了望，血是红色的。我又低下头，进入13级。她从厨房里出来，哆哆嗦嗦地拿纸巾。天气有点儿热，我打开电风扇。她问我："云南白药放在哪里了？"我冲着电风扇说："我不知道。"电风扇把我说的话变得颤颤巍巍。她捂着手翻箱倒柜，我突然意识到，我和这个切肉切到手的妇女，相识二十四年了。

她叫林中燕，外婆起的名。这二十四年里，她不慌不忙地活着，我拼命地把自己塞进裙子里。小学、中学、大学，尔后，我往容城档案局一躺，摸瞎过生活。她倒好，脖子紧俏，身体颀长，睫毛长而卷，眼睛深而亮，砧板前敲敲打打，盆栽里摆摆弄弄，柴米油盐，稳稳当当。

童话书上说，天鹅能生出丑小鸭。说得不错，我黑皮小眼，八岁成了胖墩儿，十岁戴上眼镜。她给我买白裙子、红裙子。裙子在我腰间勒出了印子，我扶着眼镜看黑板时，总能听见衣服窸窸窣窣的撕裂声。我一直在等待，等我瘦了，要把这些裙子撕成条，撕成丝，变成她脖子上的红白丝带。

是夜，她睡熟了，我起身，站在镜子前，扯扯身上的肉，摸摸肉上的皮。尤其是摸到自己的胳膊时，那些红色的丁丁点点，又蔓出了一大块。林中燕说那是鸡皮疙瘩，隐性遗传。我和她顶嘴："都怪你，都怪你选择了罗家，都怪你生下我。"对于这件事，我不原谅。我原本可以醉卧芭蕉下，却白白做了十字坡孙二娘。从小，她说春雨贵如油，我却说清明雨纷纷；她说小荷尖尖角，我却说映日别样红。在这样的一张一弛中，我慢慢地蹿高了，同时，我手臂上的疙瘩越来越多，在我的胳膊上蔓延，像是林中燕的眼波似的，流转逶迤。

林中燕的眼波，不是白说的。年轻时，她往人群里飞一眼，男的耐不住，女的急得跳。至于她为什么嫁给我爸罗勇，这得问我外婆。我瞅瞅罗勇，心想，真亏得当年罗家的小洋房，把林中燕骗了去。林中燕成了罗家的媳妇，洗衣、做饭、生孩子，轻松干净，好像我是她的碎玉珠子，缀在发间，不要了可以摘下来。

除了这些，她尽张罗自己的人生去了。东边水疗室，西边小书店，她活得安稳恬静。在我小时候，她还经常看1987年版的《红楼梦》，唱几句“阆苑仙葩”“美玉无瑕”什么的，我把电视调到《西游记》，在沙发上蹿来蹦去：“猴哥，猴哥，你真了不得！”她笑笑，说诸葛亮草船借箭、空城对琴，都没我这般神气。我再瞅瞅罗勇，脑瓜瓢上褐色板寸，指尖的烟屁股烟气袅袅，二锅头熏红了他的脸，卤猪蹄催肥了他的身体，偶尔啐口痰，圆溜溜，暗黄加暗赭，像极了案板上剩下的一钱猪肝。张飞要是活到现在，肯定和他称兄道弟。可听别人讲，罗勇年轻时，可像白衣飘飘的赵云了。我难以想象，脑海里全是曹操割须弃袍、关羽败走麦城的样子。

在容城，磨刀匠走街串巷，三天磨一把刀；菜贩子路口闲聊，也不吆喝；春来天暖，老人在公园里打太极拳，树叶也绿得慢了一些。每天早晨，我坐在 2 路车上，车辆的引擎声、间隙的说话声，和着耳机里淡淡的音乐，我感觉到有什么东西无关感情，无关风月，无关这个无限宽阔的宇宙，它存在于我的内里，蓬勃生长，优雅老去。公交车行驶，我坐在那儿，希望命运无澜，天高海阔，林中燕坐在沙滩上，解开她飘飞的丝带。

林中燕比我迟会儿。她站在车道里，一手拎着包，一手扶着铁栏。2 路车晃一下，她晃一下，等车平了，她依然脖子紧俏，身体颀长，睫毛长而卷，眼睛深而亮。为此我常常难过，为我身体里沉睡的美好基因难过。它们卧在我的心脏里、脾肺里，阅览我每天的悲欢喜乐，却怎么也不肯出面。

林中燕似乎知道这点，切葱丝碾肉末，让我在一旁看着。锅里闹闹腾腾，林中燕手悬着铲子，翻拨葱丝，铲开糖盐，几滴汗水滑下她的脸颊。我想起了黛玉葬花。花死了，黛玉也死了，谁都会死。林中燕擦着额头的汗，我感觉她要融化了，像冰一样融化，滴下来，滴下来，顺着瓷砖漫延，蹿升到我的血液里。一个女人怎么会是另一个女人的妈妈呢？

林中燕决定带我去上海的那天，非洲瘟疫开始了。这是一种新型病毒，会让人瘫软无力、眼睛发花、安详地睡去。科学家取名“尼奥”，猜测瘟疫来自一种动物肉类，像《黑客帝国》一样隐形危险。

罗勇坐在电视机前，一字一句地把新闻报道读给林中燕听。林中燕像是没听见，继续碾肉末。电视机忽闪忽闪的，罗勇耷拉着脖子，拇指、食指半勾着，像握着小口杯，等待英雄煮酒。罗勇爱酒，爱到骨子里。高考结束的那天，他拿出高脚杯，给我斟了满满一杯。没等我反应过来，他就把他那杯一口干了。那一晚，我喝了几口，他把几瓶都灌下去了。等对饮结束，他却一边擦着眼泪，一边擦着鼻涕，一边拉着我的手说：“三国里，赵云智勇双全、志向远大，本可夺天下，本可夺天下啊！”我问他：“不是曹操，不是刘备，怎么会是赵云呢？”罗勇不说话了，脸涨成猪肝色：“你不懂，天下本是君子的，全都被小人夺走了。”我陷在沙发里玩游戏。

突然，罗勇把虚拟的酒杯一摔，唰地直起脖子：“我说，别烧肉了好吗！”窗外天空白了半晌，又阴下来。菜刀“笃笃笃”地响着，林中燕还在碾肉末。罗勇似乎泄了气，继续耷拉着脖子看电视。刺啦啦一声响，游戏通关了。整个小洋房都回响着游戏通关的庆祝声。林中燕不慌不忙，我也挪开了余光，继续打游戏。

从那儿以后，罗勇不吃红烧肘子、卤猪蹄了。到了傍晚，他摆好一碟油炸花生米、一碗岳记花甲，闷几口小酒，唱几段小曲，乐和自在。林中燕还是喜欢下厨，碾些肉末，放点儿葱丝、毛豆炒炒，我和她对坐，拣着豆子吃。吃完，她把肉末挑出来，整齐地码在小碗里。

接下来的几天，都会有肉末茄子、肉末四季豆，同样地，她把肉末挑出来，整齐地码在小碗里。熟肉末日益减少，林中燕又开始碾生肉末。周而复始，她不疲倦。我吃厌了，躲在家里叫外卖。林中燕一个人坐那儿，把豆子、葱丝吞下去。阳台上的绿植娉娉婷婷。仿佛就像诗中所说：

十三岁时我问

活着为什么你。看你上大学

我上了大学，妈妈

你活着为什么又。你的双眼还睁着

我们很久没有说过话

…………

在我出生之前，我的外婆寅芽死在了上海。外婆从小生活在上海。对于上海，我是无感的。我听林中燕说，母系的藤老爷住在上海火车站附近，外婆寄住了一段时间。火车经过时，外婆喜欢在那儿跳绳。火车空了，藤老爷带外婆去火车站纳凉。外婆喜欢把腿伸出站台，往铁轨上够，列车员来了，她撒丫子就跑，鬓发纷飞的。

林中燕告诉我外婆的这些事，我觉得奇怪。一个素未谋面、已经死去的老亲戚，居然也小过、闹腾过，在她的人生里炸出数朵金花。听林中燕的口气，藤老爷家里不大，马桶连着煤气罐，凳子连着晾衣架，而且还比不上容城那些拆掉的危房。外婆在这儿度过了她的童年时代、青涩时光，我感到一丝战栗。原来我和那个粉红雕花、砖红瓦片的小洋房，不过是久别重逢。

林中燕拖着一口行李箱，背影袅娜。我拎着包跟在后面。林中燕的裙底飘着线头，手上的切口还没痊愈。候车厅空旷，回荡着行李箱的滚轮声。等了一会儿，我们登上这辆开往上海、前轮驱动、底盘稳当的三层长途车。林中燕打票打得早，我们坐在了前排，司机在我们脚底下。踩在别人的头上，我想笑，扭头看林中燕。林中燕表情淡淡的，问我带给藤老爷的养生品放好了没。我说放好了，又问她："容城的馓子、黄烧饼藤老爷爱吃吗，会不会黏了牙？"林中燕笑笑，扭过头看车窗外。窗外是阴天，万物覆着一层冰灰色的光芒。林中燕的锁骨更深了，侧脸勾画得像木刻。一瞬间，我以为她是那个补雀裘、撕扇子的晴雯。我闭上眼，尖尖的脖颈，尖尖的眼眉，罗勇摸过哪些地方？他吻过林中燕的脖子吗？

藤老爷坐在20世纪70年代小筒楼的小幺间里。门开着，四周都是霉，墙壁上沁着各色的污渍。马桶边有一口锅，锅里有几个茶叶蛋，浮浮沉沉，不知煮了多少回。藤老爷披着旧夹克，微眯双眼，鼾声浑浊粗重。林中燕不着急，坐在床沿等他。床和椅子挨得很近，不够伸腿。我不愿坐着，站在那儿看网文《人妻陌途》。女主人公正在喝酒，蓝色夏威夷、绿色蚱蜢、白色俄罗斯、黑夜之吻，弄得我心痒痒的。藤老爷一声呼噜，把自己吓醒了："你们哪位？"

寒暄片刻，出去买菜的姨娘回来了。她招呼我们吃茶叶蛋，我摆手。林中燕却吃了一个，眼眶还泛着泪。藤老爷口齿不清地说："寅芽懂事呢，穿裙子坐摆渡从来弄不湿。"寅芽是我外婆的名字。

一声咳嗽。林中燕拍着他的身子，让他顺顺气。藤老爷半张着嘴，残牙交错间，只能磨出几个字。姨娘跑过来，正正他身上的旧夹克，帮他梳头。藤老爷抖了一下，闭上眼沉进椅子里。林中燕起身，把养生品塞给姨娘，带着我走了。

时值正午，我不知余下的时间如何打发。林中燕昂着头，拖着行李箱走在前面。认识她二十四年，我依旧不了解她的底细。她拨弄碎发时在想什么？她弯腰捶腿时在想什么？我看见的她是真的她吗？我理解的她是真的她吗？她喜欢小性子的林黛玉，还是心比天高的晴雯？在容城，我完全可以撒手，把林中燕精心准备的东西全扔在地上；但在人生地不熟的上海，我只能跟着她，生怕串了门儿跑了调。我不看她的背影，仰头对视太阳。白日当空，烈火烹云，世事多艰，唯吾心安。

我随着林中燕到了地铁站，两边贩卖着报纸、矿泉水、小玩意儿。林中燕在地铁口呆望了许久，我想问她做什么，想想算了。在罗勇身边，她好茶好水好脸色，现在她要把这身皮褪下来了。地铁刮起一阵风，吹动她的衣襟。我的母亲林中燕，光洁如新，纯白无瑕，涉江采芙蓉，鱼戏莲叶东。

你曾那么的美丽，直到生下了我

自从我认识你，你不再水性杨花

…………

林中燕带我去了建华路，房子错落有致，道旁的树木森郁。有几家早茶店、馄饨摊、咖啡馆缩在楼房各角，形成隐秘的、幽深的、不露锋芒的热闹。我感觉渴了，殚竭气力，杵在马路中央看着林中燕。

林中燕回了一眼："快点儿。"

瞬间我想起，二十四年来，林中燕在前，我在后，我冲她发火、号叫，她眨巴着眼睛看我，等我气消了，淡淡说一句："快点儿。"每次如此，我的气都撒在了棉花上。此刻的她，分花拂柳，行色从容，腰肢轻柔，飞发鬟美，步态好似水面漫上沙滩，又淡淡回落。我是她身后的浪潮，莽撞、慌乱、叫嚣，被她温柔地化作微澜。我无奈，加快脚步，嘴里发出一声雁鸣。我有一种感觉，林中燕要去南方了，她要在那个春暖花开的地方，梳理羽毛，独自终老。

建华路 323 号是栋小别墅。林中燕停下来，看着 323 号。太阳隐去了，云翳慢慢地爬上她的脸，像一块冰糯飘彩的玉。我歇歇气，大声问她怎么了，到底要带我去什么地方，赶了这么多路都不让我喝口水。她似乎没听见，握住我的手说："走吧，我们进去。"我感觉，让我打砸抢都无法解气。世界静悄悄的，除了林中燕敲在雕花铁门上的回音，"笃笃笃"，可以下锅了。

开门的是位老人。见到我们，他并不奇怪。林中燕把馓子、黄烧饼塞给老人，老人看了一下，沉默半刻，领我们进屋，落座，沏茶。

我们仨相对无言，老人垂着头，林中燕垂着头，我盯着面前的茶水看，那里有看得见的茶叶、茶脉、茶梗，也有看不见的茶素、鞣酸、儿茶素、芳香物质。我想起了大观园，六安茶、女儿茶、枫露茶、老君眉，老君眉产量极少，状似太上老君的眉毛。第四十一回中，妙玉同黛玉、宝玉和宝钗三人喝体己茶，宝钗的茶具叫𤫩爮斝；黛玉用的叫点犀盉，寓意心有灵犀；宝玉用的则是妙玉自己的杯子，绿玉斗。林中燕讲给我听，我还她一双青白眼，这时想想还蛮有意思。老人抬眉看我："这是寅芽的外孙女吧？"林中燕点头。老人抓起馓子吃，眼眶里有浊泪。馓子脆响，茶杯上的白雾淡下去。

林中燕回过神来，露出釉色洁白的牙："快叫俞正爷。"我吭了一声。俞正爷放下馓子，靠在沙发背靠上，眉宇间轻快许多："叫我阿正好了。"我噎了一下，右手食指磨着左手大拇指。林中燕轻声说："俞正爷，照片在你那儿吗？"

照片上的寅芽，眼睛透亮，嘴唇饱满，黑亮的头发散在耳朵两边，如云鬟雾鬓。在这张照片上，我原谅了林中燕的美。

照片来自俞正爷的一本笔记本，蓝色绣花布面，泛着旧黄，纸页都发脆了，还有虫洞。林中燕拿起照片，眼眶泛起红云。我看着林中燕，她的眼睛里有星球，有陨石，有不明物质，还有一种东西，看不见，却庞然巨大地存在着。人们叫它黑洞。在它里面，一切都被扭曲，被传送，直到穿越重重时光，去到各个时空。

我不管她，让她茕茕地站着。

半晌，林中燕放下了照片。

俞正爷开始说话了。他说寅芽年轻时可漂亮了，她走在上海街上，几个外国人跑过来，偏要领养她，带到国外去。那时正值乱世，可寅芽的妈妈舍不得。乱世里几场战役一打，寅芽的父亲没了。说是失踪，也说是战死。听到消息，寅芽冲出屋子，冲进人群，抱着国军的大腿喊，还我爸爸。国军用枪托敲她，她不放手。俞正爷经过，拉下了寅芽。后来战胜了，解放了，俞正爷攒钱给寅芽买帽子，买裙子；寅芽给俞正爷做了好几年布鞋。寅芽在上海待过了童年、少女时代，被她妈妈——我的曾外祖母喊回老家，说是去结婚。

我不认识我的外婆寅芽，也不太清楚外公这个人。他们死了好久了，就像20世纪的老八音盒，唱不动了，就锁起来吧。想到林中燕和他们待的时间比和我在一起都长，我感觉怪怪的。林中燕捂住了嘴。她是要哭吗，还是仅仅一个喷嚏？不一会儿，她撤开了手，表情依然淡淡的，睫毛长而卷，眼睛深而亮。那一刻我难过地想，她生的人不该是我。

离开俞家时，俞正爷倚在雕花铁门旁，手里摩挲着一枚老怀表。怀表是和笔记本一起拿来的，上面都有包浆了。我走出了铁门，望着他们。俞正爷微微颔首，手里的怀表发出了清晰的嘀嗒声，似乎在计算他剩下的日子。林中燕也缓缓地走出雕花铁门，俞正爷伸出手，想说话。林中燕嘴角蜻蜓点水："不用了。照片你收着吧，我只是想看看她。"

家里还是那样。罗勇躺在沙发上，鼾声震天。

林中燕轻手轻脚地放下行李，把沙发边堆积的衣物拿去洗。

我越过罗勇的腿和胳膊，沉在沙发里，打开手机里的开心消消豆。罗勇被吵醒了，踢了我一脚。我打开电视机，把音量调到 40。罗勇睡眼惺忪地坐起来，板寸都蓬松了。他举起拳头要打我，电视机阻止了他。

专家说，"尼奥"已经开始蔓延，欧洲多人感染，亚洲也出现首例。目前来说，此病传播方式多样，且无药可解，只能少去人群密集的地方，自求多福。

罗勇似乎吓酥了，瘫在沙发上嘣嘣脆脆。林中燕打开洗衣机，我的开心消消豆升入第2关。罗勇的火气从板寸上蹿起来：“听到没？去什么上海！”

见过寅芽后，林中燕全身都松弛下来。她的睫毛短了一截，眼睛边儿生出了藤蔓，颀长的身子变得摇摇欲坠。我问她今天几号，她说，二十？初五？二十三？没有一个是对的。我不难为她了，怕声音一大，她就碎了。等她闲下来，我往她身边凑，讲办公室主任、档案局局长的八卦，她微觑两眼，唇齿打滑，像婴儿一样睡去了。在家，罗勇用筷子敲着碗边儿：“怎么了？没饭吃？”林中燕在厨房里缓慢地切着肉丝。罗勇又说：“不能吃肉不能吃肉。”她也不管，一撮小葱一撮肉丝，罗勇不吃，她吃。出门，罗勇和她各走各的，不出所料，罗勇投奔他哥们儿了，喝小酒、唱卡拉OK，顺便按摩按摩自己的老骨头，讲讲三国里的天下观，讲讲赵云就是被娘儿们害的。那些中年男人也会插话，讨论天下分合什么的，再吹吹牛，说什么要不是那会儿选错路，这会儿美国总统还得喊他爹呢。这种聚会罗勇带我去过一次，然后我找个借口溜回家了。什么分分合合，都是马走日，象飞田，观棋不语真君子，见死不救是小人。林中燕手里挎着购物袋，买点儿葱，买点儿生活必需品，然后在街道上茫然地转着。好几次我招呼她，她恍然大悟，不好意思地笑笑，跟我回家。她也放弃了“开辟鸿蒙、金玉良缘”，每天追问我《人妻陌途》更新了多少。我问她《红楼梦》哪儿去了。她说：“一堆废纸，埋了可惜，不如卖了。”

“尼奥”登陆亚洲的第 8 天，台风也登陆了。天空变成大海，风云变幻，潮起潮涌。我坐在家里，心想怎样度过这个潮湿的周末。林中燕储备了两天的菜，罗勇囤积了一星期的酒水。罗勇酒杯磕碰碗沿，叮叮当当，等酒劲儿上来了，咣当一声扔掉酒杯，空坐在那儿。电视机放着“尼奥”的最新消息，电脑却在唱着：“滚滚长江东逝水，浪花淘尽英雄，是非成败转头空……”

罗勇一边听一边哼，等林中燕经过他身边，他没头没脑地说：“你都快五十岁了，还买新裙子穿？”

林中燕不答话，整理整理裙边儿的老褶子。她穿这裙子三年了，夏至穿，大暑穿，入秋了，洗好熨平叠放在柜子里，等着有心人发现。罗勇歪着头舒展睡意，林中燕拍拍裙摆，收拾桌上的碗筷。我看着她，线头不见了，侧影似有抄检大观园，晴雯倒掀宝箱，痛骂王善保家的样子。是的，她居然把一条裙子穿得那么决然。

周日晚上，外面的雨小了些，林中燕挎着购物袋出发了。我问林中燕买什么，她咿咿呀呀了半天，说外面空气好，出去透透气。我说雨会下大的，她说不怕，有伞。她弯下腰，在脚腕磨蹭，好容易把高跟凉鞋穿好，轻手轻脚地离开了小洋房。雨淅淅沥沥的。

电话打过来时，我的开心消消豆到第5关了。此时的窗外下着瓢泼大雨，窗户洗了又洗。我的脸反光在上面，扭曲的、变形的，还分成了好几个。这么瞧，还挺像林中燕的。

我坐在这个粉红雕花、砖红瓦片的小洋房里，听着林中燕在手机那头无力地对我呼唤："囡囡啊，妈妈走不动了。"我拎着一把大伞冲进雨中，雨水飞溅，天昏地暗。林中燕站在雨中，购物袋落在地上，雨伞斜在一边。我搭着林中燕的胳膊，一步步地搀扶她，我说："咱们回家看《红楼梦》，1987 年版的。”林中燕却瘫软下来：“囡囡，妈妈不想看了。”我问她想看什么，《人妻陌途》没到大结局呢。她笑了，胳膊微微颤动：“书里都是假的，只有囡囡是真的。”雨水顺着她的脖子流到我的手上，冰凉而惊颤。

林中燕再也不能穿高跟鞋了。医生说：“脚上肌肉受寒、萎缩，要养养，脚底还要贴膏药。”他还说：“年龄到了，很多人都患上了这毛病。”林中燕把膏药往脚后跟一贴，却瞬时矮了几分。她眼角的藤蔓，已经长到嘴边了。那个脖子紧俏、身体颀长、睫毛长而卷、眼睛深而亮的林中燕，变得小了、枯了。我突然想起那个叫寅芽的女人，想必她也这样步履蹒跚过。林中燕唤我的名字，我扭头不应。我无法面对林中燕的衰老。

和林中燕的衰老一起到来的，还有我的转变。倏忽间，我身上的裙子变松了，修身了，不再发出窸窸窣窣的撕裂声。林中燕不好去商场，问我淘宝网怎么购物。后来她买了两个衣架、三条裙子，都是给我的。裙子有碎花的，有宽松的，我穿起来，林中燕说像年轻时的她。

大雨不停，倒灌着容城。电视里，上海有了“尼奥”

感染首例。罗勇看林中燕的眼色都不对了。他不吃林中燕做的菜，不碰林中燕喝过的水杯，待在家里就咋呼，出门了夜不归家。林中燕不管他，继续碾生肉末，烧熟肉末，坐在饭桌前，静静地吃掉一碗白米、半碗菜。我陪着她吃。渐渐地，她开始教我做其他菜了，红烧茄子、番茄炒蛋等。她说姑娘家要会点儿厨艺，一来安生，二来防身。

我烧的菜有的过咸，有的偏甜，她还是静静地吃掉了。只是有一次，我烧了葱丝毛豆肉末，林中燕吃掉毛豆，挑出肉丝，突然哭起来。她说是寅芽的味道。寅芽在的时候，日子艰难，一顿肉末都要烧好几道菜。几滴泪下来，她克制住情绪，又去洗碗、洗衣服。我有些难受，想帮忙，她让我去给绿植浇水。植物在晚风中轻轻拂动，像极了少女林中燕的裙摆。

碗筷归档完毕，罗勇破天荒地早回家了。他把衣服扔给林中燕，讨好地说，他哥们儿做生意的，儿子想找媳妇。林中燕明白他的意思，我也明白他的意思。

罗勇见我们不说话，又补充："有车有房，有车有房。"我垂着头不说话。林中燕哇的一声哭出来，把罗勇的衣服扔在地上，还用脚踹："我的女儿不是衣服，我的女儿不是衣服！"

罗勇当着我的面，对林中燕动手了。暴雨疏风，斜光月影。等他安歇了，我抱住地上的林中燕，林中燕在我怀中颤抖，我随着她一起颤抖。外面的雨没有停。

大雨降临的第 6 个晚上，容城被淹了。整个城市都漂浮在水中，人们挽着裤腿，手拉着手出行。林中燕的绿植开始下垂腐败了，我一遍遍问自己是不是浇多了水。林中燕不管，忙好早饭，坐在阳台前看天。她说她看见了寅芽。我感觉她要再一次融化了，像冰一样融化，而这次不会再冻结了，她要随着这场洪水流走了，去到那无限宽阔的宇宙，随我蓬勃生长，优雅老去。

我收拾好包裹，出门上班。虽说城市部分水位已经过膝，但政府仍号召我们上班，坚持在第一线。上班也没有什么可做的，坐在那儿当个摆件。我拎着包出门，林中燕却一瘸一拐地追出来了。她说要去单位取个东西。我说这么大的雨，去了干什么。我看见她恳求的眼睛，还有依旧淡淡的表情。洋房里，罗勇举着酒瓶，电视机忽明忽暗，那高达 44 分贝的音量里，讲的全都是对“尼奥”的恐惧。我带着林中燕缓缓地走到公交站台。

2路车来了，我和林中燕并排坐着。车辆的引擎声、间隙的说话声，和着耳机里淡淡的音乐，我感觉有什么东西在我的内里，一脉传承，生生不息。林中燕静静地坐着，她脸上的藤蔓也停止了生长。我用余光瞧着她，洪水迅速退去，白云飞上蓝天，我那美丽年轻的林中燕，她坐在沙滩上，微笑着，昂扬着，解开她飘飞的丝带。

林中燕到站了。公交车停在路边，这条道路水很深，昏黄浑浊，车驶过，惊起水浪一片。车门徐徐打开，林中燕挪动着双脚，一点儿一点儿、艰难地走出去。她提着裙边儿，慢慢地摸索着，积水吃掉了她的小腿肚子。车子正在启动，轰隆隆的。车门要关上了，林中燕回过头，朝我微笑。她要说什么？快点儿？我听不清。在洪水中，林中燕更小了。我想起了俞正爷，想起了寅芽，想起了罗勇，想起了晴雯，想起了林黛玉，他们都在我的脑海转啊转，晃啊晃。突然，我的泪夺眶而出，我冲到已经关闭的公交车门口，把车门拍得震天响。林中燕似乎没听见，离我越来越远，越来越小。我瘫软下来，拼命地拍着车门，拼命地大喊："林中燕，你走后，我该找谁去怀念你？我要找谁去要照片？"

林中燕回来了。衣服角、发尖都湿漉漉的。我走过去，替她拿包。

我对她说："妈妈，有我在，罗勇不会再打你了。"

林中燕不说话，手里的伞滴着水。

我又对她说："我会去上海要寅芽的照片的。"

林中燕瞪大了眼睛。

我耐不住了，说："我给你读一首我姐姐尹丽川的诗。"

妈 妈

十二岁时我问

活着为什么你。看你上大学

我上了大学，妈妈

你活着为什么又。你的双眼还睁着

我们很久没有说过话。一个女人

怎么会是另一个女人

的妈妈。带着相似的身体
我该做你没做的事吗，妈妈
你曾那么的美丽，直到生下了我
自从我认识你，你不再水性杨花
为了另一个女人
你这样做值得吗
你成了个空虚的老太太
一把废弃的扇。什么能证明
是你生出了我，妈妈
当我在回家的路上瞥见
一个老年妇女提着菜篮的背影
妈妈，还有谁比你更陌生

林中燕把滴水的包放在地上，露出两束胡萝卜须："你爸不叫罗勇。你外婆没去过上海。还有，你从来没有什么姐姐。"

佛罗伦萨的狗

要怎样才能去佛罗伦萨？

当我躺在椅子上时，我感觉到血管里有一只鱼在游动，时而游进心房，时而游进我毫无表情的面部。

陆医生戴好眼镜看着我。他的眼睛离我很遥远。

“没事，放松，和我谈谈你的问题吧。”

办公室的墙壁很白，白得让人窒息。这个月来，我第一次感觉到了肚子饿，就这么毫无羞耻地饿着。

记忆里最慌乱的饿是在六岁，奶奶去世的那年。老家四面环水，坟地在小岛上。那是 1999 年的冬天，洪水才过去一年，我们乘着小船到了奶奶的坟墓。船没有经过的地方浮着一层薄冰，苍白的日光反射在冰面上，有一刻我感觉到了永生。

仪式从上午一直持续到晚上。没有人顾及我，只忙着他们自己的悲伤与麻木。饥饿感轰隆隆碾过我的身体。六岁的我还是知道供饭是不能吃的，但是我满脑子都是食物。

哥哥出现的时候，我正坐在新坟边。地上是无边的荒草，地下是无尽的白骨。可是我很饿。哥哥蹲下来，看着我，我抬头望了他一眼，又有气无力地垂下眼皮，肚皮发出了不甘心的哀鸣。后来他给了我一根沾满泥土的花生藤，上面长着几颗花生。我瞬间把花生吃光。再抬头时，只有哥哥远去的背影。

黑色夹克上有白色衬衣的领子，牛仔裤，腰间缠着孝带。

寒风吹过，哥哥的头发飞扬，孝带也在不安分地鼓胀着。

那形象存在我的记忆里好多年。那时我还不懂死亡，不懂离别，可是刹那间我好像懂得了在人世间流浪的某种风。后来我用整个青春期思考那到底是什么，可是岁月依然沉默不语。

“医生，那到底是什么？”

我把目光扔给了陆医生，他眨巴着眼睛，闪躲过去了。

“这个答案其实没有问题那么简单。从医学上说，恐怕是某种荷尔蒙分泌造成的。”陆医生还想继续说下去，我却闭上眼睛，张开嘴巴。

哥哥是我姑妈的儿子，当时还在上初中。他家住在隔壁的镇子上，有一个大院儿，院子里有一株硕大的雪松。哥哥不喜欢读书，就爱在雪松下面耍剑。亲戚们都认为他不可救药了。可是我不这么认为，每次去他家，我都扮演他的对手，耍剑，然后挑个合适的时间倒下。

姑妈有事，哥哥在我家住过一段时间。我只记得那时候电视里在放陈小春主演的《鹿鼎记》，哥哥也不练剑了，就坐在电视机前面看。我看见韦小宝的影子在他黑色的眼珠里逐渐鲜活，那是一种奇异的感觉。那天晚上，我背着妈妈在他的粥里多放了一块咸鱼块儿。

韦小宝的故事快要结束时，哥哥要走了。

那天，妈妈不在，我刚放学回来，哥哥坐在凳子上看着《鹿鼎记》的最后一集。我把作业摊在书桌上，准备写作业。

突然，电视的声音小了，哥哥的声音悠悠地传了过来：“小西，我走了，你会想我吗？”

我不知道怎么回答。这时哥哥已经走到我身边了，他用双手捧起我的脸颊，朦胧间我闻到了他手上的咸鱼的气味。于是我想起了妈妈腌咸鱼的场面，杀鱼、抹盐、风干，哪个步骤都不能少。腌咸鱼的时候，盐分要不多不少，煮咸鱼的时候，放点儿花椒就会别有一番滋味。我最喜欢看咸鱼被煮得吱吱冒油的样子了。可是我不喜欢哥哥现在这样，双手在我的脸颊上来回蹭着。

哥哥的脸越来越大，准确地说，他的脸越来越近。我惶恐不安地不知道接下去怎么办。当他的鼻子快要接近我的鼻子时，他扑哧一声笑了起来。那种感觉很奇怪，就像天气预报说明天天晴，可是又下起了冰雹一样。面前的哥哥眼睛里全是熠熠发光的冰雹。我僵在那里一动不动。

他的笑声至今还在我的耳畔回响。说实话，从那儿以后，我仿佛就对笑声过敏了，这种笑声不是微笑，不是哈哈大笑，就是一股气从胸腔带出来的那种笑。到现在我都怕。

“你有怕过什么东西吗？”我转过头问陆医生。

陆医生仿佛知道我要问这个问题一样，不假思索地说："每个人都有软肋，都有惧怕的东西。比如说我怕蛇，你怕蟑螂,这不是什么见不得人的事,它平常得如同我们的头发。"

对于这个答案，其实我不怎么满意。我的目光又粘在了白色墙壁上。

后来我家搬走了，搬到离老家很远的地方。回老家过年的时候，我还是会碰到哥哥，他个头儿蹿得越来越高，鼻子也变得笔挺，唇边长出了黑色的绒毛。可是见到他，我还是会想起他的笑声。浴室里的水汽升腾的时候，阳光落在我的手指尖的时候，黑夜漫长我睡不着觉的时候，我总是想起那个笑声。

我们搬到了一个小城市。我的乡村口音让我无限自卑，我努力改变自己，可总是觉得自己不被接受。后来我们的语文老师休产假了，代课的是我们的教务主任，姓林。他的头发有点儿卷，总是站在天台上吸烟，所以手指间有点儿黄。

现在想起来，小学里的语文课十分轻松。林老师让我们挨个儿朗读文章，每个人负责一段，按照座位顺序读。到了我的时候，我支吾着开不了口，林老师静静地注视着我。当我读出第一句话的时候，有同学笑了。第一句话里有一个“佛罗伦萨”，很拗口，于是我更加磕磕巴巴的了。林老师没有打断我，就是等着我。

一段话好长。

我坐下来了，后面一个同学又站起来。后面的同学坐下来了，她后面的又站起来。我一直红着脸。下课了。

课间同学们嬉戏打闹的声音盖过了我心里的啜泣声。不，我没有哭。林老师不知何时出现在我的身边，他的声音很好听：“陈维西同学，放学后去一下我的办公室，5 楼 508 室。”

“如果我没有去,也许就不来找你了。”我像是自言自语。

陆医生拿着一支笔不知道在写什么。我很想够着脖子望一眼，但是身子已经深陷在沙发椅里面了。我垂下头。这时窗外刮过一阵风，风声传到我的耳朵里，我心里有根紧绷的弦松动了。懒懒的，发不出声音。

“无论遇到什么，都要避免‘如果’。既然已经发生，就坦荡荡地接受，无论是什么。”陆医生把十指交叉在一起，饶有兴趣地看着我。风过去了，心里一片乐声喧鸣。

林老师不在508室，同办公室的老师对我说："去天台看看。"

他果然在天台，夕阳给了他一副金色的轮廓。他背对着我，手指缝里轻轻夹着一支烟，冒着丝丝的气。天台底下孩子们吵着闹着，家长们在校门口翘首以待。我怯懦地不敢靠近。

他很快就发现我在身后了。

他走来的时候，我想起了哥哥的笑声。忽近忽远，忽大忽小。

"陈维西同学，跟我来。"林老师的声音打断了那个笑声，我随他走到了他的办公室。

"这是普通话教程，每天读一篇，要早上读。后面还有磁带，有录音机的话要多听。"林老师手里是一本书，还挺厚的。我接过去，很沉。接过去的时候，我脑子里满是"佛罗伦萨"，这个名词似乎对我有致命的吸引力。

那天，我连"谢谢"都没有说。我的脑海里都是哥哥的笑声，逐渐放大，让我听不清林老师后来说了什么。当我快要走出办公室时，我回头了，夕阳不知什么时候也到了办公室，金色的面庞，那是我最难以忘怀的记忆。

后来，我每天都会朗读，在这个城市的一间出租屋里。出租屋的隔音效果很差，每次我提高音量，隔壁的那对母女就会敲打墙壁："声音小点儿！"我的声音就变得喑哑，可是林老师金色的面庞浮现的时候，我又不自觉地提高了音量。

很快语文老师又回来了。我的口音正在一步步地进步，同学们不再对我另眼相看了。当时我是班里的班费小队长，班主任把我叫过去，让我负责买一张给林老师的贺卡，感谢他这段时间的照顾。

我顿了一下，这时陆医生抬起了头，还是一贯的平静的面容。这时的墙壁也白得很平静，就像没有涟漪的湖面。

病房里一片缄默。我紧紧地抿着嘴唇，陆医生开着的电脑也不发出那种低沉的轰鸣了。世界仿佛停止了。

良久，陆医生笑了一下："继续说吧。"

我深吸了一口气，接下去说什么呢？

我在学校旁的小店看中了一款贺卡，彩色的卡纸上垂挂着各色铃铛，标价是10元。可是班里各种活动的支出已经很大，我手里的班费只有8元5角。对于一个还住在廉租房的孩子来说，1元5角已经是巨额了。

后来送贺卡给林老师的人并不是我。听说林老师很开心，可是我没有看到。

你是不是想知道1元5角怎么得来的啊？其实是我偷的。也不算偷，只是从爸爸的钱包里拿出了一些钱而已。1元5角可以买8个包子、5块烧饼、3根肉串。

现在我还是不感觉到羞耻，真的。那时爸爸还因为丢失了5块钱而难过了一个星期，可是我不感觉到羞耻。

后来我每天放学都会从天台底下的路走过，也许我比较早熟，能够被他看上一眼，是那时的我最大的愿望。

林老师后来再也没有教过我们。可我越来越想去佛罗伦萨。

我听见陆医生发出一声轻轻的叹息，于是不说话，愣愣地看着他。

病房里，是无限的苍白与寂静，病房外，是满世界荒芜的风。我注视着陆医生，陆医生没有抬头，在纸上写着什么。

有那么一瞬间我是想喊住他的。不知道为什么，我想停止世界的一切，停止太阳升起，停止风儿刮过，停止陆医生飞快的笔触。我只要停止一秒钟。

我也叹了口气。没等陆医生抬头，我继续说。

那年的廉租房涨价了，我的爸爸妈妈不知道怎么办。那种破房子谁稀罕啊！隔音效果那么差，每回隔壁的那对母女都拿白眼看我。

廉租房旁边当然都是廉租房，人员也良莠不齐。在某天放学后，我遇到了一个满脸胡子的叔叔。

他在小巷子第 4 栋 1 楼蹲着吸烟，我记得很清楚。我刚放学，从那儿经过。他吹了声口哨，我转过头望着他。

他把烟头扔了，走过来挽住我的胳膊："你知道白老师住在哪里吗？"

我摇头。

我几乎是被他拎了起来，就这样迷迷糊糊地跟他上楼了。

"你陪我找找白老师吧。"

到那时我还是蒙蒙的，没有感觉到一丝危险的气息。这个叔叔的臂膀很有力，抓着我的胳膊，很疼，就像铁索牢牢扣住我一样。

从一楼到顶楼，我被他拎来拎去。他一边走一边说：“啊，不知道是不是在5楼，怎么啦？好像白老师不住在这里。”最后他说：“我去洗个手。”

就在他洗手的时候，他都没有放开我。那时的我脑海里一片空白，只有哗啦啦的水声。

到了3楼的拐角处，他的手终于放开了我。他走到我面前，用不知道怎样的眼神望着我。那种眼神到了我成熟点儿的时候才明白。但那时，我并不害怕，感觉自己就好像真的来到了佛罗伦萨，来到了属于这个名词的地方。

他的手放在我胸上的时候，我还是不害怕。虽然我才四年级，胸部已经微微隆起了，就像两个突兀的小山丘。而他，正走在这两个山丘上，自然得一点儿都不过分。

他的手，温度刚好。

我不记得过程持续了多久，好像很短暂。楼上有锁门的声音，随即脚步声近了。他似乎有点儿慌张，那时我才感到一丝害怕。脚步声越来越近的时候，害怕也越来越浓郁，那种感觉就如同滴在宣纸上的墨水，越来越巨大又越来越暗沉。

我飞快地下了楼，没有回头，一口气溜回了家。

“陆医生，这件事我对谁都没有说过，好像没有发生一样。”我把头埋在沙发椅的棉花里面，语气平稳。对，就像没有发生过一样。

“医学上，应该被称为‘童年创伤’了。很多人都发生过这种伤害，但是只要通过治疗，很多人都能摆脱阴影……”

我没有继续听陆医生的话，只是脑海里出现了林老师的形象。金色的轮廓，温柔的眼睛。突然，脑海里出现的哥哥的笑声打破了我的一切幻想。我猛地睁开眼睛——陆医生看着我，似乎在等我说下去。

后来那个叔叔被抓住了。被抓住的时候，现场还有个和我一样大的女孩儿。没有人告诉我她是谁，可是我一直迫切地想知道。一直到离开廉租房，我都没有打听到。

快期末的时候，我去找了林老师。那是周五的傍晚，同学们都欢天喜地地回家了，而林老师的办公室没有其他人。

我出现在门口的时候，林老师的表情有点儿疑惑，当然这只是瞬间的，随即脸上的线条松懈下来。夕光围绕着我，无限温柔。

我没有说话，林老师把手中的钢笔塞入钢笔帽，不锈钢钢笔闪烁着夕阳的暖光。“陈维西同学，你的普通话练得怎么样了？”夕阳坠落在了他闪亮的眼睛里。远远望去，他的眼睛里有着“佛罗伦萨”的诱人光泽。

我没有说话，只是走到了林老师的身边。桌子上是批阅的试卷，红笔的是他写的，字迹娟秀得如同一个女子。我看见那一个字：各。后来我学了点儿书法才知道是行楷的写法。这个字只有一个笔画，浑然天成。

我久久地看着不说话，林老师说了什么我记不清了。我的右手不停地在裤管上重复着“各”的写法，终于做到了一笔完成。当我再次抬头的时候，林老师看着我，手悬在半空。就在一瞬间，我用画着“各”字的右手抓住了他的手。

后来林老师抽走了他的手。后来，我再也没有去办公室找过他。后来，没有一个人知道这件事，嗯，就像没有发生过一样。但是我永远记住了他金色的轮廓，在那温柔的光芒里。

我又陷入了沉默里。陆医生看着我用手指在空气里画“各”字，一遍又一遍。

“人啊，相见产生的是缘分，相知产生的就是龌龊了。”陆医生难得说出了我听得进去的话，我停止了手里的动作，愣愣地看着他。

陆医生手里也有一支钢笔，但是只有日光灯反射在上面冰冷的光芒。一切似乎又静了下来，哥哥的笑声又一次畅响在耳畔。为了免于陷入这种恼人的声音里，我又开始我的话题。

两年后，我升入了外国语初中。这个学校在市里并不是顶尖的，但还说得过去。我歪打正着地进入了实验班，排在倒数第三。实验班里的人个个都以上省高中为目标，可是任他们多么勤奋多么有追求，我都不想学习。

我不记得大叔是怎么来到我们学校的了，反正他就是来了。那是一个实验班学生难得的体育课，我躲在树荫旁边，有点儿头晕。实验班的学生个个都躲在树荫下面，讨论课后的题目。我没有跟他们在一起，一个人站在树荫旁的阳光下，光芒强烈，老师去了传达室，我的眼前有几个人在晃。等我醒过来的时候，大叔的拇指正紧紧地掐着我的人中。

旁边其实还有好多人，都是一些熟悉又陌生的同学。嘴里喘出的白气遇到热空气就消失得无影无踪。我的眼角却不小心沁出了泪水，滚烫的。后来大叔问过我："为什么流泪。"我说："因为太阳。"

体育老师也来了，他和大叔搀扶着我去了医务室。后来大叔就走了。后来班主任一个月只给我们两节体育课了。

我记起来了，大叔是在篮球场上打篮球的。没想到大叔四十几岁了还在打篮球，至今我都觉得不可思议。

我和大叔的缘分没有结束。学校准备举办运动会，恰逢建校三十周年，于是借用了育才中学的操场。运动会上，每个班都需要一个领队，就是俗称的"礼仪小姐"。班主任不知怎么想的，推举了我。

我的时间一下子有了空余，每天不用上晚读课，在篮球场旁的空地上进行礼仪训练。抬头，挺胸，手握标牌。我的目光总是时不时地落在篮球场上，很奇怪地，我一眼就看见了大叔。他的皮肤黝黑，眼睛明亮。我分明看见了林老师的轮廓。

那天我逃了课。

也许是乏了，我坐在椅子上伸了个懒腰。陆医生的影子投射在地上，就像一个暗灰色的怪物。不知怎的，出现了一只飞蛾，围绕在灯管周围，发出刺啦刺啦的声音。我和陆医生的目光一起聚焦到它的身上。

“我开窗，把它放出去。”陆医生起身，我丝毫未动。

飞蛾离开的时候，我的故事又开始了。

大叔一般是下午两点来，我早就暗中打探到了。那节课本来是催人欲睡的语文课，我一句话都没有和人讲，兀自跑到了篮球场。

到了小卖部，我看见他已经在篮球场挥汗如雨了。我买了一瓶冰镇矿泉水，然后默默地坐在了篮球场里面的椅子上。

一场结束了，大叔气喘吁吁地朝我旁边的杂物堆走来。我迎了上去，把矿泉水送到他手里。他一愣，然后轻松地接过去：“怎么，用一瓶矿泉水报答我？”我说不上话来。

后来我经常逃课了。班主任问我为什么不来上课，我说是领队训练的需要。不知道他有没有去核实，反正他也不是每个人都上心的。

谣言四起，周围的同学都对我指指点点。可是我在大叔明亮的眼睛里看见了属于我的光芒，而和他在一起，我不再那么频繁地想起“佛罗伦萨”了。

关于大叔做什么工作，我不知道。我只知道他家挺有钱的，他的老婆是公司老板。他的老婆长得还蛮清秀的，在那次她打我之前，我是这么觉得的。

我不想说她打过我，我对她的印象不错。她有两个孩子，公司大大小小的事都是她一个人干，那年她准备把远在安徽的爸爸妈妈接到别墅来，但她的父亲病重死掉了。那时我还是不懂死亡，也不懂对于大叔萌发的是什么感情，只知道她很伤心。她一个人开车绕城市绕了五圈儿，而那时大叔在和我看电影。

这次的停顿我是无意的。好遥远，“初中”这个词让我感觉好遥远。大叔的形象也好遥远。我像是一个人走向远方，而回忆与周围的景色一起，迅疾而无情地掠过我身边。

陆医生没有说话。我知道我错了很多，我知道什么不应该，我知道你们会怪我，会指责我，会说这说那，但是我要的不是沉默。于是我也回之以沉默。

可是这没有僵持多久，陆医生用一个普普通通的微笑和我和解了。陆医生虽然有四十岁了，可是发际线还没有减退，嘴角坚毅而有力。恍惚间我看见了林老师那金色的轮廓。可是一眨眼，我又滑到了我的故事里。

那时我天真地等待着大叔。他说，我是他遇见的世间最美好的女孩儿。他说，等他几年，我们会有结果的。为了这个念头，我坚持了好多年。

我过生日，大叔带我去市里的米其林餐厅吃的。我骗爸爸妈妈说老师补课。这么多年我都不知道他们明不明白我在撒谎。大叔点了鹅肝和牛排，鹅肝很腻，红酒太辣，那是我唯一的印象。

那天大叔没有送我回家。米其林餐厅旁边有一家装饰得很好的宾馆。喝了红酒的我晕晕乎乎的，大叔送我去了那儿。那个房间很白，墙壁是白的，就像这个医院、这个屋子一样，床单是白的，窗帘是白的，就连灯光也都是白的。看见这种白色我就清醒了过来。

大叔说他去洗澡，水声盖过了我出门的声音。

是的，我走了。这城市灯红酒绿，我站在车水马龙里，好想去佛罗伦萨。

我没有带钱，走得匆忙，我的书包还在宾馆里。一辆辆车在马路上奔驰，我却有一种冲动，想跑到车子中间，任命运把我抛向任何地方。在我这么做之前，一对母女从我身边走过，女儿搀着妈妈的手，天真地指着天上的孔明灯。

可以这么说，是那忽明忽暗、在无人能及的高空散发温暖的孔明灯救了我。孔明灯越来越小，却越来越亮，我在生日那天，终于开心地笑了起来。

说着说着，我也笑了起来。陆医生嘴角还有残存的笑容。电脑嗡嗡地响着，窗外是夕阳了，余晖透过窗帘照射进来，整个屋子慢慢变红。

就像那天的孔明灯，我的嘴角泛起淡淡的微笑。

那晚我没有回家，大叔也没有找我。我在马路上走了很久，最后找到了一家肯德基，我在那儿坐了一夜。我没有睡着，想了很多，想哥哥，想林老师，想大叔，想佛罗伦萨。大叔其实有一个女儿，很可爱，见到我就叫姐姐。可是那晚，我特别想流泪。

到了早晨离开，我的泪水都没有流下来。

后来我的爸爸妈妈就对我抓得很紧，中考要来了。

我夜不归宿，她来了。

她开着崭新的奥迪，一身高级服装，口红是新款的香奈儿。她径直来到我们的教室，走廊里满是高跟鞋嘚嘚嘚的声音。我的第六感告诉我，那是冲我来的。

她一把抓住我的头发，我被扯到了教室的外面。同学们纷纷站起来看好戏。没想到这么小巧的女子有那么大的力气，我的头发被扯掉好多，身上也有了瘀青。

校方很想封锁消息，可是记者来了。我当时心一横，随他们怎么写吧。可是校长跟我谈话了，老头子啰啰唆唆，我觉得好烦。也许是我的态度激怒了他，他劝我退学。

妈妈去求校长。看见哀求的她，没心没肺的我突然感觉到了心疼，不过那只是一瞬间的感觉。老头子虽然倔，但还是答应只记过。

说实话，我有点儿失望。也许全世界与我作对时，我才有那种悲壮的英雄般的感觉。我宁愿被枪毙，也不愿坐牢。这种想法没有人知道，但在我深夜回首往事的时候，会折磨得我整宿整宿睡不着。

嘴里的声音停止，我望着天花板。我已无数次这样仰望天花板了。陆医生咳嗽了一声，我的目光转向了他。

“这么说，你可能还有一点儿自虐倾向。”他说。

陆医生抬起了头，这下，我和他的目光厮磨了一阵。虽然有点儿火花碰撞的意味，我还是觉得无趣。也许继续讲下去我才能振奋起来。

我的爸爸妈妈逼着我和大叔断了联系，然后逼着我学习。

我考上了一所寄宿学校，不能算“考上”，因为只达到了交钱的分数。可是我爸妈还是很高兴。

当然，我没有痛改前非。我和舍友关系不好，她们总是在学校里散播我的谣言。开始时我想奋力反击，后来才发现我没什么朋友。我想到了大叔。

我一个月有不少的伙食费、生活费，然而我一天只吃一顿，剩下的钱我偷偷地买了一部手机。舍管每天派值日生查房，我每天都把手机揣在一大堆脏衣服里。那段日子，我靠和大叔偷发短信才过下来的。

大叔从来都没有问过那晚为什么我要走，这也许就是我喜欢他的原因。我也没有问过他老婆的事。就这样，心照不宣。

那天我的手机被查到了，值日生是个男生。我不喜欢早操，总是躲在宿舍走廊尽头的厕所里。正巧那天我在厕所里发现作业没带，回头去宿舍了。打开门，才看见那个男生在翻我的脏衣服。

我第一个反应是大喝一声。可是已经晚了，他手里拿着我的手机。

“我，我听到了响声。”男生愣愣的，看来有点儿蒙。我这才想起来我忘了关手机声音。我上前一把抢走了手机：“不许说。”

那个男生果然没有说。后来他找过我几次。

记得最清楚的就是那天体锻课，一周一次的体锻课，我总是待在树荫下思考人生。他找到了我，贸贸然就跟我说：“我和几个人要组成乐队，你当主唱好不好？”我问他怎么知道我会唱歌的，他说他打听到的。

忘了说了，我在初中的时候，确实有时候会在晚会上吼几嗓子。

我拒绝了。那个乐队到我毕业的时候都没有组建得起来。当时我拒绝的时候就想到这一天了。

“真是可惜。如果青春的时候，你善于表达一点儿，你也不会像现在这样苦闷。”陆医生坦诚地看着我，就像当时那个男生一样。我受不了，转过头去。

我的故事要接近尾声了，可是我依然绘声绘色。

到了高二快结束的时候，大叔发了短信，说他举家要移民加拿大了。不知道是不是他老婆的意思，我不想问。这么多年，我抢了大叔这么多年，我都不清楚对于他，我是怎样的一种感觉。

我翻了墙，在此之前我用口香糖粘住了摄像头。

大叔看起来更老了，肚子也凸了出来，看来很久没有打篮球了。虽然我们在短信里相谈甚欢，但是面对面的时候，我也不知道说什么。我们就在肯德基坐了一个下午，夕阳照射进来的时候，我又看见了那个金色的轮廓。那一瞬间，我好想再一次遇见他们，遇见哥哥，遇见林老师，遇见大叔。重新来过的话，会不会还是这样的结局？

那是我最后一次见到大叔。虽然临别时，他答应明年回来参加我的升学宴。

那是我生命里最安静的一年。高三一年，我明白了有远比青春更加残酷的事情。身边的每个人都在吭哧吭哧地学习，没有人跟我说话，只是那个男生偶尔还会来找我。我们是朋友吗？我问自己，这也是我的升学宴后，我对他说的最后一句话。

我考上了二本。爸妈很高兴，大张旗鼓地准备升学宴。被邀请的人有很多，亲戚里有哥哥，老师里有林老师。大叔只是发来了短信，祝我今后一切顺利。影响我一生的人们终于在这一天有了交集，可是整个升学宴，我都觉得自己离佛罗伦萨好远，好远好远。

那天，我的爸妈喝了很多酒，我也喝了很多饮料。哥哥对着我笑，林老师对着我笑，我也只好对着自己笑。我不知道对他们说些什么，到了结束，众人离开，爸妈收拾着残局，我拿起一瓶剩下的酒，一饮而尽。

哥哥的笑声、林老师的金色轮廓、大叔的短信内容，伴随着晕晕乎乎的感觉，我下了楼。眼前站着一个穿着白 T 恤的男生，就是找我组乐队的那个人：“结束了，来唱首歌好吗？”

我到底有没有唱歌，我不记得了。只记得那是一间隔音很差的屋子，男生和他的哥们儿眼睛里满是梦想的闪光。

后来，我砸了吉他。

碎片纷飞，就像我的青春，轰鸣着消失殆尽。

“我们是朋友吗？”那是我对他说的最后一句话，也是我想对这个他妈的世界说的话。

我的故事结束了，我望着陆医生。

陆医生似乎意犹未尽，顿了一下说：“放心，我会治好你的——”他没有说完，我已经站在他身边，吻了他的脸颊。

“夕阳真好啊。”我离开时，陆医生依然错愕地看着我。

世界温暖得如同一杯白开水。过几天，过几天就去佛罗伦萨。突然，我想起了还小的时候，看见一只夕阳下的狗，对着一棵树扬起了金色的腿。

福 禄 寿

元嫂把地上的书全扔了。“为什么扔？”华玉卿问她。元嫂不说话，当着他的面，把两本杂志扔进垃圾桶，转身去厨房切菜。华玉卿还在问她。啪的一声，元嫂把菜刀插在砧板上，华玉卿缩起脖子。元嫂操起手边的抹布：“抬手。”华玉卿乖乖地抬手。“转身。”华玉卿乖乖地转身。元嫂掼饬了他的上半身，又把他的鞋子擦得锃亮。“好了，找老张打牌去吧。”华玉卿铁青着脸，骨碌骨碌地转着手下的轮子，朝大门滑去。到了大门口，他又犹疑着手。“利索点儿。”元嫂瞟他一眼。这个南陵大的二级教授，还是乖乖地听话了。临走，他还脖子往里一够：“中午鱼汤面，加两个蛋啊，两个。”

老张手臭，但华玉卿乐意。区里的其他老头儿，不是吐痰就是抠鼻子，老张不。老张会文雅地抽出一张面纸，侧过脸，不让大家瞧见。一来二去，华玉卿对老张的好感度倍升，尤其是老张打牌前要洗手，哗啦啦的水声，华玉卿一抖，像通了电。

瘫痪后，华玉卿很少出门了。二十八岁，跃升教授；三十四岁，“郭沫若杯”国家人文社科类金奖；四十岁，南陵大终身荣誉教授。赫赫战绩，也让他厌倦了沙场。某天他坐在卧室，看他历年得到的奖杯，看到深处，大叫元嫂。元嫂围着围裙，骂骂咧咧地过来，问他做什么鬼。华玉卿眼泪簌簌，他不想这样死去，他要出去。

元嫂原名田恩元，家住马家沟，配偶马东强，育有两儿一女。大儿深圳打工，二子赋闲在家，小女随她进城。小女名马兰，方脸鹅眼，阔耳牛鼻，模样还算周正。马兰最喜冲人，一句话不对劲，两句话就哑口。元嫂也不管她，由她去，指不准哪个傻小子好这口呢！

从马家沟到沛城，元嫂打的是满满的主意。比如通江路18号小单间，元嫂可是踩点儿又踩点儿，还价又还价，终于有了临时的家；比如爱玛小电驴，元嫂狠狠心买的，上街买菜，出门有事，不能没有坐骑啊；比如大儿，挣点儿钱找媳妇；比如二子，烂泥扶不上墙，玩儿去；比如马兰，找个城里小伙儿，日子过得总比她妈好。就这样，元嫂打入高等教育内部，成为华家的一员。

华玉卿本也抗拒元嫂，嫌她粗，嫌她不雅。后来发现，元嫂粗中有细，只是嘴巴擦了油，那些脏字滑出来了而已。这都不是主要原因。华玉卿虽事业有成，但腿脚不便，配偶没了，儿子在美国，再高的价钱，也没多少人愿意伺候屎尿。而且，华玉卿爱吃鱼，各种鱼。元嫂的鱼汤面可是一绝，又不怕吃苦。

怕吃苦的是小贼女。马兰网名叫“小天女”，元嫂也实在，直接唤作小贼女。马兰头圆，心思尖，元嫂没少操心。从小，马兰没啥本事，作怪倒不少，比如插朵红头花呀，比如在袄子上绣朵鸳鸯彩呀，元嫂不和她计较。马兰到了沛城，心也高了许多。元嫂让她去餐馆端盘子，马兰一句话没噎死经理：“你这抹布面能吃吗？”只不过，人家的抹布放在面锅旁罢了。元嫂头疼，就先让她悬着，晾晾。

华玉卿喜欢让元嫂晾他的荣誉证书。把红皮壳卸掉，露出有点儿发脆的卡纸，用衣夹夹好，配合着春风微露，华玉卿陶醉在五月的阳光里。元嫂在那儿拖地，华玉卿就自言自语："这是2009年的历史学奖，这是十年前的荣誉奖……"以及当年，他如何在南陵这个地方，翻阅史书，实地勘探，夜以继日，不到黄河不死心，最后得出，南陵的主人是周朝的靖南王，铁证凿凿，也让华玉卿一举成名，得到"郭沫若杯"金奖……啰啰唆唆的，元嫂也不和他较劲，把沙发坑、凳子缝都抹得干干净净。华玉卿有时淌眼泪，问她为什么不回答他。元嫂点点头："好好好，明天要交水电费，等会儿你去备点儿钱。"形而上和形而下，波澜不惊，相安无事。

闲了，马东强也会来华家。马东强是南陵大的保安，长话短说，就是华玉卿给他找的。这年头儿，当保安也不容易，幸得马东强当过兵，懂些格斗术。每天坐在警卫亭，小风吹着，暖阳拂面，道是春意了了，却也胜过人间无数。于是每隔一段时间，马东强带点儿酒菜，带条红双喜，过来看看华玉卿，想和他谈谈《三国演义》。不是说马东强念恩，而是华玉卿客气。几条红双喜，能换来镀金纪念币。华玉卿看得上那些小东西吗？为人恳切，当如螳螂捕蝉；为人刁钻，当如黄雀在后。

这天，马东强来遛圈儿，遇见了南陵大的学生们。马东强有些窘迫，站在那儿像是藏不住两手两脚似的。华玉卿没怎么注意他，嘴巴哔啵不停。学生们点头，做笔记，时不时问些马东强听不懂的问题。马东强放下手里的东西，不管不顾地坐下来。元嫂从厨房间冲出来，赏了他一个栗暴。众人有些痴愣，元嫂大义凛然地说：“杀鱼去。”马东强像捡了个宝，屁颠屁颠地刮鱼鳞去了。客厅里的他们还在说话，大致意思是，过两天要接华教授去参加学术会议，华玉卿嗯了两声。马东强拍拍鱼鳞，胳膊肘捅元嫂，用两只凸出的眼球挤出一个丑陋的媚眼。

没错，马东强垂涎华府很久了。20层，采光好，真皮沙发，红木家具，加上软糯舒适的席梦思大床，真真一个太虚幻境。自从见了一眼华府，马东强整日寻思着如何鸠占鹊巢。这不，鹊要走了，马东强心底连吐了三个“好”。好哇，能幻境中走一场，也不枉“红双喜，白玉酒，两个土人城里走”。

没过两天，元嫂拾掇好华玉卿的包裹，帮他穿裤子套衬衫，再烧一壶热水给他兜着。华玉卿歪着头不说话。元嫂又去煎蛋。医生说："老人要吃清淡点儿。"可煎蛋就是这么简单，加点儿油，磕个蛋，撒一把盐，华玉卿吃得嘴角流黄。日子就这么过的，谁知道人死了变成什么。华玉卿勾着身子，摩挲他的袜子，袜边儿捂在里面了。元嫂也不心疼，手里多撒了几克盐。抽烟机关掉，煎蛋喷香。是溏心的，华玉卿啜了几口。元嫂洗锅去了。"你要什么礼物？"元嫂没听清。"你要什么礼物？"华玉卿又问了一遍。元嫂乒当当地稳住手里的锅，认真想了一遍："有桂皮吗？有胡椒粉吗？沛城的都不正宗。"

从通江路 18 号小单间到春江花园 8 栋 20 层套房，马兰是蹦着来的，元嫂习以为常，而马东强掖着自己的小心思，紧跟在后面。马兰梳了个羊角辫，五官看起来柔和了许多。马东强挎了个布袋子，元嫂说他淘宝来了。反正华玉卿家东西多，少一枚扣子多一口痰，也没什么了不起。元嫂说："你可别偷太多。"马东强说："我都把你给他了，拿点儿小恩小惠算什么！"

是夜，元嫂睡得安稳，马东强却翻来覆去的。席梦思固然好，但总觉得自己少了脊梁骨。马兰也睁着眼，看着流线型的吊顶、繁复精美的橱窗，以及那一摞摞或白或黑的书籍。那个叫《巴洛克之美》，那个叫《星空给我们带来了什么》，简直像一扇扇凿花雕镂的丹砂红木门，轻轻一推，就是若轻云之蔽月、若流风之回雪的风雅、盛大的新世界。

元嫂在梦中追蝶，马东强爬起来了。客厅转一圈儿，阳台遛个弯儿，马东强来到了书房。马东强只在南陵大图书馆看见过这么多书，一扎扎，一捆捆，像春天里可劲儿飞的柳片，也像过了数人之手、卷了边儿、开了叉的废纸牌。

华玉卿的书房大得很，像个铜雀台似的。除了书堆，就是那一个个锃亮的奖杯了。有水晶的，有金闪闪的，全都发着异光，像大乔的耳环，也像小乔的唾沫星子。马东强耐不住了，这边碰碰，那边敲敲，清清脆脆，空心的。上面都刻着什么什么奖、什么什么荣誉。马东强用指腹摩擦着刻字，凹凸不平，心旌荡漾。这两天，它们是他的。用它们喝小酒，抱着它们睡觉，大有用处。马东强沉醉在五月的夜晚。书橱角落，有什么微微放光。马东强靠近，那是“郭沫若杯”金奖的奖杯。马东强的眼睛也在放光，像偷书的蒋干。

马家人在华府度过了难忘的两天。五月微热，马兰穿着长袖吹空调，翻翻桌上的图画书，看看 42 寸 LED 液晶电视机，顺便干掉了冰箱里的牛奶。马东强不同了，坐在书房里，悠然地架起眼镜，捧着《三国演义》摇头晃脑。元嫂还是那样，在厨房里倒腾倒腾，然后把一盆菜往桌上一摔："吃饭了。"

华玉卿回家时，元嫂把一切都恢复原样。华玉卿放下行李，骨碌骨碌地转着手下的轮子，把一幅画儿塞到元嫂手里。上面是油菜花田，一团团金，一簇簇金，奔涌着，叫嚣着，在天地间相拥，在画纸上永恒。元嫂谢过华玉卿，随手一放，放走了这团春意。华玉卿说："这可是民间手艺人画的，用彩结构都极好的。"元嫂努努嘴，用围裙擦去手上的油。她爹娘在油菜花田里滚了一辈子，也就窝出了个砖泥小茅屋。

掂量掂量时辰，元嫂又跑到华玉卿卧室里去。华玉卿在打瞌睡，脑袋一啄一啄的，跟乡下的捣衣杵没两样。元嫂拗，想叫醒他，但没主意。于是她拿了抹布到卧室，手腕悬着抹布，四处扫扫，发出窸窸窣窣的声音。华玉卿一个惊神，拔着头四处张望，看见元嫂，才舒服稳当地泄了气。元嫂走过去，帮他揉脚。华玉卿倒不好意思了，轻声问她怎么了。元嫂也不抬头，含混地说："老张儿子那件事怎么样了？”华玉卿一拍脑袋：“哎呀，马上去和他说，马上。”

老张的儿子也姓张，当然的事。元嫂的女儿姓马，也不奇怪。这马和张，也没什么对冲，马张儿张马儿，不算拗口。元嫂打这主意不是一时半会儿了。那天她从楼道里看见了张洪磊，个头儿不高，老实；体态偏胖，脾气好；架着一副细边儿眼镜，读书人，齐活儿！元嫂甚是满意。马兰会怎么想呢？元嫂不管。生男生女都一样，只要孙子有文化。

老天爱弄人。元嫂从小电驴上摔下来了。没啥大事，就是胳膊肿了，腿瘸了。撞她的也是小电驴，驴屁股上的老女人骂她，怎么不长眼睛。元嫂揉揉腿，在马路上哀号。人越来越多，老女人脸上也挂不住，扔下500块钱，寻着一条人群缝钻了出去。500块钱洋洋洒洒，元嫂够着扒拉着，不知这时应该抽噎，还是破涕为笑。

华玉卿让元嫂歇两天，元嫂哪会答应？一天180元，少一天就是几个猪肘子。要是有个什么徐娘尖着嗓子、扭着步子伺候他半天，元嫂就该下岗了。元嫂不是想这些的人，但她懂。马东强当年给了她两下子，她爹娘只好把她嫁出去了。

索性元嫂也想得开，嫁谁不是嫁啊，生谁不是生啊，日子过得好就行。她希望马兰也明白这个道理。

春江花园有电梯，元嫂不必在台阶上摸索了。但通江路18 号没有，那还是 20 世纪 90 年代的建筑，老旧、过时，还沾着将死未死的气味。每天，元嫂拖着拐腿，一磨一蹭地骑上小电驴，小电驴不知哪儿摔坏了，一路吱呀吱呀地叫到春江花园，到了，委屈地呜咽一声，等待主人的体温。元嫂也不会让它等多久，简单地打扫下，把华玉卿喂饱，180 元也到手了。热屁股上座，小电驴叫得欢实，霓虹亮得也欢实，一道道红绿光照在元嫂脸上，她想起马东强昨天打牌赢了 80 块，可以给马兰添件新 T 恤了。天光暗了，小电驴逶迤着。

过了两天，元嫂才注意到，除了打牌，马东强有了新宠。谅他也不敢翻出什么花名头，元嫂没理会。可元嫂做的茶叶蛋，马东强嚼了两下就吞下去了。元嫂很少做茶叶蛋的，配料太多。于是元嫂悬了一晚没睡，眯着眼不说话。果然，马东强半夜起来了，从杂物柜里掏出了一个亮晶晶的东西，呸一口，又用衣袖擦。马东强打开台灯，照在自己身上，然后对着镜子举起那个东西。那是华玉卿深藏在柜子里、不舍得见光的“郭沫若杯”金奖奖杯。

元嫂猜得没错，马东强是住华府时偷拿的。元嫂问为什么，马东强说：“好看。”元嫂说：“好看的东西多得是，你怎么不去抢商场？”马东强笑了，抓起元嫂的食指，放在奖杯底座：“你摸摸。”元嫂用指腹摩擦着刻字，凹凸不平，心旌荡漾。“‘郭沫若杯’金奖？”元嫂边摸边说着。四周万籁俱寂，月亮也隐去了。元嫂听见了自己的心跳。

风吹来，晾衣绳上精彩非常。华玉卿仰着头，元嫂在厨房里切葱刮姜。今天买的野生鲫鱼。卖鱼的老头子多找了她一块钱。想着想着，元嫂的食指多了一道口子。算了，人血也是血，鱼血也是血，元嫂把鲫鱼扔进锅里。

这次的鲫鱼，烧得很完整，头翘尾翘地躺在碗里，像一道上弦月。华玉卿用筷子插插鱼身，夹起一块鱼肉。元嫂洗锅去了，哗啦哗啦的水声轻快明亮。突然，元嫂听见了异响，回头，华玉卿捂着喉咙，惊恐地看着她。

华玉卿在五官科待了很长时间。白炽灯亮得耀眼，照出了华玉卿脸上的沟沟壑壑。秒针飞快，元嫂站着不知所措。华玉卿嘴巴张久了，眼角开始流泪。镊子撞击着牙齿，声音冰冷。医生说再张大嘴，华玉卿就张大嘴。医生说咽唾沫，华玉卿就咽唾沫。元嫂望着他，老去，真是一件不堪的事。

鱼刺出来没多久，学校里来人了。还是上次的几个学生，手里捧着鲜花，嘴角扬着收敛的笑容。华玉卿示意他们坐下，闲谈几句，放他们走了。医生说不碍事了。华玉卿吐了一口接一口的浓痰，哑着嗓子对元嫂说："这儿闷人，去外面吹吹风。"五月初的暖风，爆米花炉子似的。元嫂刚要舒口气，华玉卿淌眼泪了。元嫂还没问，华玉卿自行招认了。他儿子华效之，从小成绩优异，聪明过人，要一百分就一百分，要得奖就得奖，深得他的真传。他和他妻子都宠得很，怕摔怕磕碰。华效之争气，考上美国耶鲁大学，一路都是开了挂的人生。同时也犟，毕业了就不回国。他妻子身体弱，没能享福。他呢，瘫痪了。现在的一家人，只不过是偶尔来个越洋电话，每月银行卡上多一笔钱而已。说到动情处，华玉卿抹眼泪。"真羡慕你们。"华玉卿仰着头，抽着鼻子，"一家人在一起，多好。"元嫂不知说啥，就把食指的伤口给他看："这鱼真够厉害的。"华玉卿突然笑了，喉咙发出咯咯的声音。元嫂也跟着笑。华玉卿指指自己不能动弹的双腿，再指指元嫂的瘸腿，两人对视一秒，爆发出大笑。

小贼女马兰还没梳好头，就被元嫂带到华府了。张家人还没来，华玉卿就和马兰随便聊聊，让她随便看看。马兰看着流线型的吊顶、繁复精美的橱窗，以及那一摞摞或白或黑的书籍，那一扇扇凿花雕镂的丹砂红木门，那个若轻云之蔽月、若流风之回雪的风雅、盛大的新世界。马兰复习了一遍，窜到了卫生间。梳子带了，皮筋儿也有。马兰对着镜中的自己，曾经的方脸鹅眼、阔耳牛鼻柔和了许多，也妩媚了几分。羊角辫完成，皮筋儿弹到手背，马兰甩手，发出银铃般的咯咯笑声。

老张和儿子来了，大家客气地寒暄几句，元嫂和老张借口离开华府。剩下这个学识渊博的老头儿，一边挑起说媒的大梁，一边抖着毕生的包袱。华玉卿先向张洪磊介绍了马兰，姑娘热情善良，青眼蛾眉，为人大大方方，绝非朱弦美酒之所属，也莫若素女冰霜之流。总之，马兰是一个实实在在、会过日子的姑娘，在这个时代，值得拥有。张洪磊被说得一愣一愣的，只顾点头。下面是介绍张洪磊了。华玉卿刚要开口，马兰却发话了："男生身高不足一米七，不是二等残废吗？你这么胖，不想减减肥？你眼睛多少度？摘下眼镜，看得清我手指有几根吗？”一句句话像镰刀，像利斧，割开了张洪磊脸上尴尬的笑。华玉卿也笑笑，一时还找不到说辞。这个小贼女啊，还在那儿抖着腿，等待敌人的下一步攻击。

半晌，华玉卿避开了这个话题，和张洪磊聊起了他的父亲。老张的面纸、老张的侧脸，尤其是老张打牌前要洗手，都显示他不同于其他人。张洪磊渐渐地也开朗了，谈他父亲睡觉前要看书，每天要练书法，侍弄家里的花花草草，也有声有色。两人刚到兴头，马兰又突击了：“那个老张，抠鼻屎要挑个没人的地方，懂不懂啊？打牌，牌技那么差，对得起对家吗？不要丢人现眼了。看书、练书法、弄花草，都是因为无聊没事干。”张洪磊的脸色越来越难看，不停地咽口水。华玉卿觉得势头不对，起身，说他记得老张马上要去舞剑房了，洪磊要不要送送？张洪磊白了一眼马兰，告辞了。

华府的门啪嗒关上。华玉卿望着这扇枣红色的大门，深深地叹了口气。良久，他骨碌骨碌地滑动手下的轮子，转过去，却看到了方脸鹅眼、阔耳牛鼻、扎着羊角辫却脱得精光的马兰。

华玉卿呆住了。虽说马兰姿色欠缺，但凹凸有致的曲线、纤美柔和的皮肤、圆滑挺翘的乳房，无一不告诉他，他有多年没看到女人的胴体了。华玉卿脸涨涨的，眼珠似乎要掉出来了。马兰扭着身子走过来，胸部如起伏的水波。华玉卿扭过头不看她。马兰却用食指钩住他的下巴，让他转头。他红着脸大喊："你干什么？！你到底要干什么？！"马兰笑了："你叫我小天女吧。"然后放开华玉卿，推着轮椅在华府转了一圈儿，还有几张纸晾在半空，马兰让他一一读出来。卧室里、客厅里、书房里都是书，《巴洛克之美》讲的是欧洲中世纪巴洛克艺术；《星空给我们带来了什么》讲的是黑洞星体对地球的影响。走到书房，华玉卿解释什么时候得了什么奖，看到书橱角落，他愣住了。这时，马兰用胳膊环住华玉卿的脖子，口里的热气喷到他的耳朵里："我美吗？"华玉卿屏住呼吸："你告诉我，你到底要干什么？"

马兰笑了，发出银铃般的咯咯笑声。她把轮椅转了360度，华玉卿看到了一个仓促的女人的胴体，随即又滑过去。马兰贴住了华玉卿，乳房压在他的肩膀上："华教授，请你大声地说一遍，我是这个房子的女主人！这些都是我的！"

马兰扣好了衬衣的最后一个扣子，华玉卿铁青着脸，背对她说："过分了。"马兰甩甩头发："哪有什么过分？发生过什么？"华玉卿握紧拳头拍打轮椅扶手："我会告诉你妈的！"马兰对着42寸LED液晶电视机梳羊角辫，屏幕上的她，粉面桃花地说："你说呗。"

华玉卿谁都没告诉。就像马兰说的，发生过什么？这一切都可以没发生过。鱼还是鱼，面还是面，华玉卿告诉元嫂，他再也不吃了。元嫂不明就里，给他煎蛋，他都说，蛋心没熟，而且齁死了。元嫂问他想吃什么，他说想吃一条腿烧四条腿，元嫂就烧金针菇炒猪肉；他说想吃纯种低热量，元嫂就买生菜给他凉拌。他都喜欢吃，但每天要求不同。领悟了华玉卿的心生不满，元嫂处处留意。

屋子里待得闷了，华玉卿转着轮子出去晃荡。元嫂帮他捯饬，袜子袜边儿捂在里面了，元嫂勾着身子顺好。华玉卿也不和她打招呼，关了门就走。啪嗒一响，元嫂坐在了沙发上，了无牵挂。

华玉卿很快回来了，带着一股丧气。老张不理他了，撺掇着其他人也远离他。元嫂不知该悲伤还是高兴，端来一盆热水，帮华玉卿脱下袜子，浸没他的双脚，一块老皮摇曳在水里，缥缥缈缈的，像远山的老翁。元嫂搓着脚，想起了女萝草、菟丝花，还有满田的油菜籽。菜籽油可香了，炸出来的鱼排、鱼圆，珍珠白玉、黄金万两似的。元嫂有点儿想念那样的味道。正当她发愣，华玉卿丢了一句："小天女怎样了？"元嫂一惊，心里估摸出了六分。

元嫂一睁眼，看见马兰对着镜子做鬼妖，元嫂一声喝断她，问她干什么。马兰说："要你管。"元嫂气急，掀起被子揪她耳朵，问她哪里得罪华教授了。马兰委屈得差点儿哭出声，说华玉卿怎么了她。元嫂往下细问，马兰抽着脖子说，她几句话惹得华玉卿不高兴了。元嫂知道她没说真话，看她梨花带雨、春日凝妆的样子，就放了手。天塌了，也是自家的闺女。

马东强昨日回来得晚。元嫂一嗅，知道他半夜去喝酒了。于是掌掴了他一下，他猛地惊醒，嚷嚷着做什么。元嫂问他："什么时候把奖杯送回去，日子长了可不好。"马东强手朝天空挥挥："不急，翻个身继续睡。"元嫂扒开他的耳朵，大吼着："这可是偷盗罪！"马东强被震得天旋地转，钟鼓齐鸣，骂她：“臭婆娘，欠打了是不？”元嫂又给了他一巴掌，马东强怒了，扑上去和她扭打起来。元嫂抹脸，哭丧着说：“我怎么得罪你了马东强？”马东强还给她一巴掌：“伺候其他男人吃喝屎尿，肯定啥都看到了，臭婊子！”元嫂不甘心，抓住马东强的手腕就是一口：“当年还不是因为你！不然我稀得你们马家！”

小电驴不叫了，一路春光明媚，赶上麦子丰收了。元嫂的心情愉快了些，世间没有不能补的洞。到了春江花园，元嫂麻利地下车，走路，上电梯。腿好些了，不认真看，没人相信她瘸过。日子总会好的。揣着这样的信念，元嫂打开2003号的门，沙发上的华玉卿正铁青着脸看几页A4纸。元嫂也乖，踮着脚尖去打扫阳台了。她余光瞥到，华玉卿带着纸张、带着手机进书房了。元嫂放下拖把，贴着书房门偷听。

华玉卿二话不说，砰地爆发了：“你们这些学生啊，天天晓得来看我看我，拔个鱼刺还来，不知道的以为你们仁孝，而我这个当局者啊，昏了头！”随即一长串的啰唆，元嫂也了解了大概：那些时常来探望他的学生，彻底推翻了华玉卿考察南陵的主人的事实，还把新的研究成果刊发出来了。华玉卿在书房胡乱地拍打，书啊奖牌啊哐当哐当倒地，他大嚷着，这辈子，他们都别想再进他家一步。元嫂凑近了些。华玉卿哗地把门打开，看见了弯腰弓背的元嫂。

“你被解雇了。”

元嫂问有没有办法补救，华玉卿拉低嘴角：“不可能。”元嫂掰着手，不知道往哪儿放：“华教授，求您了。”华玉卿别过头：“不可能。”三碗不过冈，元嫂也明白。华玉卿接着说：“你们都是骗子，学生来骗众人敌对他，保姆来骗钱，区区一个姑娘，觊觎上他整个儿的财产。”“你什么都有了。”元嫂说。华玉卿不停歇，讲起学生如何装可怜。“你什么都有了。”元嫂说。华玉卿又讲起了马兰，低贱的天性不能改变。“你什么都有了。”元嫂说。华玉卿音调变高，说能自由出入他家的，就只有他和元嫂了，到时候，警察来调查一下，“郭沫若杯”金奖奖杯在哪儿，就一清二楚了。“能不能不这样？”元嫂要哭出来了，“你什么都有了。”“哼，”华玉卿轻蔑地说，“借东西要还，偷东西要坐牢，三岁小儿都明白。”接着一大段，讲的是他的过去，如何在南陵这个地方，翻阅史书，实地勘探，夜以继日，不到黄河不死心，最后得出，南陵的主人是周朝的靖南王。“你什么都有了——”伴随一声长腔，元嫂哭出来了。

等华玉卿反应过来，元嫂已经用胶带纸缠满了他全身。他被彻彻底底地固定住了，五指也被牢牢地锁在扶手上，分毫不能动。元嫂瞅瞅他的腿，冷笑道：“这儿不用了。”华玉卿惊恐地睁大眼，太阳穴青筋暴露，嘴上的胶带被气流吹得有些鼓胀。“你还有什么要说的？”元嫂问，撕开他嘴上的胶带，没等他喊出声，元嫂又贴了一张。华玉卿脸憋红了，像在骂娘的样子。

元嫂也不管他，到屋子四处收集有用的东西。保姆用的柜子里，有华玉卿送给她的油画，一片金灿灿的油菜花。元嫂想撕掉，但还是塞进袋子里。她爹娘在油菜花田里滚了一辈子，好歹窝出了个砖泥小茅屋。元嫂把晾衣绳上的证书摔到华玉卿的脸上。华玉卿挣扎得疲惫了，定神看着她翻腾，打包包裹，开门离去。外面的世界只剩一条缝时，元嫂又把头伸进来。愤愤地，“你这可怜虫。”她说。华玉卿没有反应，只是看着元嫂发黄的瞳孔，那里，周朝的靖南王爬出了南陵，带着笑容，亦步亦趋地向他走来。

退　潮

我摸住了他的手："走，我们去看海。"

他大概姓陈，姓沈，姓所有他该姓的。我情愿他姓诸葛。诸葛有一副墨镜，从不拿下来，但他恰恰能看到更多。比如，他总能看出我今天开心还是生气，吃的是泡面还是外卖。我是帮他穿相思豆时，听他说的。他屋子里有许多红豆，每逢天好，他揣着豆子到大街上卖。回来时，少的豆子比卖的豆子多。我说："他们欺负你。"诸葛说："豆子嘛，都会被鸟吃掉的。"我说："那些鸟不仅吃豆子，还吃肉、吃鱼。"他笑了一下："大海里的鱼，可不只是被看的。"

他是我唯一的朋友，也不算唯一的。满脸的痘痘，鼻尖的叫潘一队，眼周的叫潘二副，脸颊的叫潘三连，我都编好号了。我是总司令，叫潘多拉。别人并不这样叫我，但哪一天我的痘痘张口说话，那还是叫我潘多拉的好。它们很敬业，一个都不肯睡去，一个都不愿退伍。夜里睡不着，我抚摸着它们，就如同抚摸海岛：我们有日出，有鲸鱼，也有深渊。

诸葛不许我这样说。他说："你可是满脸的'南国'，一千多年前的王诗人都在惦记。"

我一乐，转口又说："你知道南国是什么样子吗？"

光芒在他的墨镜上游移，他微微弯起嘴角："咸的，哗啦哗啦的。"

我从那笔钱里拿出了一部分，偷偷地报了旅游团。

我告诉诸葛："我中了润华超市的头奖，能带你去海南看看。"

他不信。我掏出奖券，让他摸。

"你摸到太阳了！烫不烫手？这边是椰子，小心一点儿。对对对，就这里，海浪，咸的，哗啦哗啦的！呀，终于到重点了，听好了：润华超市大乐透——特等奖——海南豪华双人游！"

诸葛笑了："这奖券，一股酸菜牛肉泡面味儿。收拾收拾，我们去街上吃。”

转了几辆车，我们坐在虹桥飞机场候机。诸葛说：“上海听起来有点儿吵，摸起来有点儿冷，闻上去呢，有点儿甜。上海人长得也很甜吧？”我望着来往的人，说：“对，有的像柑橘，有的像草莓，你后边的两个，要是切巴切巴剁了，尝着恐怕还辣口。”

诸葛说：“吃人，要细细地吃，慢慢地品。”

“难不成你吃过？”

诸葛把头扭过去，天上的光线照过来，他的墨镜，一片是太平洋，一片是大西洋。

那对“辣口”的夫妇，恰好也坐在我们座位的后边。男的说：“那边的，上酒！”女的吵起来：“喝喝喝，正经事不做！”男的说：“臭娘儿们，少管我的事！”只听见啪的一声，男的安静下来：“不要酒，椰子汁也是可以的。”女的又嚷：“去海南再喝！”我又听见他们哗哗翻书的声音。大概是前座背后的杂志。男的嘟囔：“亚龙湾风景不错，将来一定涨。蜈支洲岛也是不错的，天涯海角不知道有没有楼盘了……”女的尖起了嗓门：“都买都买，这行情，明天就来不及了……"

飞机破云而行。诸葛问我："白云是什么形状的？"我说："圆的、尖的、毛茸茸的、光溜溜的。"诸葛又问我："天上是不是比大海好看呀？"我说："天空就是倒过来的大海，蓝色的底子，白色的浪花，阳光照下来，亮亮的。"

"你知道吗？"诸葛正正喉咙，"太阳光经过光的散射形成了七种颜色：红、橙、黄、绿、蓝、青、紫。红光最强，橙、黄、绿也比较强，最弱的是蓝、青、紫。太阳光透过大气层，红、橙、黄、绿光一下子穿过去了，蓝、青光的大部分却被大气层扣留下了，它们被大气层里的浮尘、水滴反射，天空就成蓝色的了。海水是蓝色，很大程度上是因为反射了天空的颜色。"

"你怎么知道的？"我想看穿他黑色的墨镜。

"何必非要看见呢？"诸葛像是感受到了我的目光，推了推墨镜。

空姐推车过来，问我们需要什么饮料。我要了一杯橙汁，诸葛要了咖啡。

诸葛摸了我的杯子，又喝了一口咖啡："你的是橙色的，我的是深色。"

“为什么？”

“橙色大概有13℃。深色是滚热的、浓郁的，就像阳光和黑夜。”

我转过眼睛，瞧着飞机外。风鼓胀，光浮动，云汹涌，无边无际的蓝色，镶了一圈金的白色，偶尔天边闪过五彩的亮。诸葛的黑，是怎样的黑？

落地，凤凰机场旁边停着一辆贴着蓝天白云的五菱七座面包车，那一对夫妇围了上去，和车里人交谈几句，就钻进了面包车。面包车拖着尾气走了。我们团的导游才说：“多年来，海南旅游地产火得很。旺季是每年的十一月至来年的三月，中国大部分地区都很冷，海南天气温暖，吸引着大量的‘养老游’‘养生游’群体，他们选择在冬季定居或半定居于此。据统计，海南购房者87%来自岛外，而在三亚，东北客户占到将近80%。”诸葛笑了，他说：“人总是怕黑，不是吗？”

按照旅游团的安排，我们入住了一家海岸宾馆。宾馆离海不远，仔细听，能听见海浪的声音。放下行李，我领着诸葛走在街上。街道两旁种着高矮不一的棕榈树，海风吹来，还能听见窸窸窣窣的声音。棕榈树下长着各种热带花朵，红、黄、橙、绿。每隔半个路段，都有一丛天堂鸟，鸟喙、翎羽、长尾。我一路说，诸葛一路听。诸葛问我："为什么海浪声小了？"我说："前边有一家海鲜店，龙虾、螃蟹，填点儿肚子。"诸葛停住了脚步："我们先把自己空着好不好？"

空着的诸葛，领着空着的我，走在时细时糙的沙滩上。海边徘徊着各色的人们，矮的在捡贝壳，胖的在堆沙堡，那一排排细细长长的，正从大海里渗出来，甩着湿漉漉的头发。润阔的太阳，把大海照成了湿热平滑的舌头。走着走着，我的脚入了海。

"大海很温柔啊。"诸葛摩挲着脚。

"对啊，像白垩纪。"我划动着腿，溅起白色的水花。

"白垩纪？你去过？"

我蹲了下来，抡着双手，海面跃起了透明发白的水线："我睡不着的时候，常常想，如果我生在白垩纪，那我应该是剑龙。当剑龙真的很美好啊。"

诸葛停止了用脚趾摩挲沙子，朝着我说话的方向伸出手，触了我的发、我的肩膀："你就是剑龙，我摸到的就是剑龙。"

我笑了。逆着夕阳余晖看过去，远远的，有一座孤岛。很模糊，也许是行驶的轮船，也许是三面观海的海景别墅，更或者，它就是海市蜃楼。太阳在一寸寸地瞌睡下去，孤岛也一寸寸地暗淡下去。

“我想写一篇小说。”我说，“我构思好了，一座岛上，一只剑龙的故事。题目我也想好了，就叫《孤岛》。”

周围人少了。天空出现一抹淡黄的笑，红色的独眼怪敛低了睫毛。诸葛沿着海边走着，海岸泛着银白的泡沫。

“这样写是好的。”诸葛回头，用墨镜对着我，“但我有一个建议，不要叫这个名字，叫《退潮》吧。”

我没有说话，心里在来回推敲。

诸葛接着说：“你知道最能考验大海的是什么吗？是退潮。一切退得干干净净，只剩下贝壳、海星和真相。而且，退潮了，孤岛就是陆地。那只剑龙从岛上走下来，走进白垩纪，或许，它还能走进人猿星球呢。”

诸葛笑了。我没回话，也没笑。远处的岛屿突然变得高大、磅礴、可怕起来。

一早的行程，便是安排去海边，游泳、潜水。海边长满了贝壳，也长满了人。他们潜水去了。剩下的人，有的在冲浪，有的在玩沙滩排球，更多的手持一杯彩色的饮料，戴着墨镜晒太阳。这样看来，诸葛反而不突兀了。我择了一个凉快点儿的地方，让诸葛待着，别被晒没了。几个小孩子在我们周围玩水枪，射到了诸葛的头上，诸葛摸着自己的脸说："太左了，右边一点儿。"孩子们大笑起来，把他的头发淋了个透。诸葛顺着湿头发，把它分成一绺一绺，孩子们笑得更开心了。诸葛问他们："你们的爸爸妈妈呢？""看房子去了。"孩子们边咯咯笑边说。闹了一会儿，他们放下水枪，摇椰子树去了。

我对着诸葛，一字一顿地说："你看见那个打排球的帅哥没？"

"你说红队蓝队？"诸葛啜了一口椰子汁。

"我说的是，那个平头的、六块腹肌的、穿绿裤衩的帅哥，你看见了没？"

诸葛放下了椰子。椰子落在沙滩上，坐出了一个圆。

"你说他啊！我闻得见！雪碧味儿，还喷了古龙香水！"

"对。"我咬咬牙，"是他。"

我们俩沉默下来。海风吹过来，咸的，哗啦哗啦的。

“我想和他做爱。”这句话说出来，我也被吓了一跳。

椰子还稳稳地坐着，圆着。墨镜遮着诸葛的眼睛。我站起身，四肢伸展开来，胸部离开了肚子，蹿出两瓣小小的、羞涩的弧，海风吹得我头发飞扬。除了脸上的小岛，我就是篡位的海。想着，我迈出了右腿。又想着，我迈出了左腿。想着想着，阳光遍布了我。

大概是第四局了吧。现在是二比一，帅哥那队是一。我把自己四散在沙滩上，任由海水舔舐、鱼虾乱爬。第一块腹肌叫洛杉矶，第二块叫慕尼黑，第三块叫旧金山，第四块叫里约热内卢，第五块叫巴黎，第六块叫拉斯维加斯。拉斯维加斯被汗水淹没了，洛杉矶和慕尼黑油油地发亮。一枚缺了半边的白贝壳漂到我脚下。海水像是涨起来了，就快和天空相爱了。我在沙子上按了一个手印，随即被海水抹得干干净净。阳光照下来，说不出来的痒。

漫长的三比一。他们的脚步慢了下来，钝了下来，像列车进站，卸下一些，再装上一些。海水推拥着我，我的身体里排着无数的三尺小浪。等光再亮些，我从沙滩上破土而出，拿起印着椰子树的旅游纪念毛巾，粲然一笑，朝他走去。列车突然又启动了，他呼喊着。一个女人端着饮料过来，饮料是蓝色的，比我身后的大海还要蓝。我搓搓手里的椰子树毛巾，闻到了肥皂水的味道。这天气，真该好好洗个澡。

闹也闹了，喝也喝了，“绿裤衩”边上围着一群人。他弓起背，夹紧肱二头肌，身体的线条流畅而结实。阳光落在海上，也落在他身上。不远处的人举着摄像机，挥动手臂，似乎让他往左边一点儿。海水泛着橙黄色，我用椰子树毛巾擦擦脖子，顺着阳光往回走。海岸那边又热闹起来，大概是让“绿裤衩”抱住女人，举高。渐渐地，这些声音小了。诸葛依然在那儿，看着他看不到的海。

诸葛说：“大海闻起来不错，看来咸鱼也很想念大海。”

我说：“那醉虾就是月光下的大海。”

“你能教我游泳吗？”诸葛一脸认真地说。

“游泳？你要往哪里游？”

“不去哪里。就是想着，我们是个胚胎的时候，天天在母亲肚子里游泳。现在大了，反而生疏了。”

诸葛随着我，一起深入大海的子宫。我让他弯下来、沉下来，吸气，呼气，换气，他照做了。我说：“技巧你都学会了，你想往哪里游就往哪里游吧。”诸葛划了两下子，沉了下去，又浮起来，像海上的一片小小的纸帆。他说：“抱歉啊，我可能需要一个罗盘。”海岸那边传来欢呼声，“绿裤衩”那一帮正在开啤酒，冲出几尺高的啤酒花，不远处架起了烧烤架。诸葛浮浮沉沉，而世界的另一边，烟火缭绕，不眠不休。电视上都说，雾霾南下。可这只凶猛的恶鲨，怎么也过不了琼州海峡。诸葛来了海南之后，气色变好了，咳嗽也少了。在他沉下去的时候，我总是想，待在这儿就好了。他浮起来，我又想，算了，该回去的。

海岸线逐渐退去，一些礁石也显露出来。海边的人少了，剩下的围着烧烤架，大概是烤羊排的滋味。诸葛问我去不去吃螃蟹，龙虾也可以。我说：“我想空着自己，就这么空着。”诸葛迟迟不回话。我带他回了宾馆，诸葛吃了几盘海鱼，我也假装吃了一点儿。窗外繁星闪烁，我似乎看见了海滩上的烟、啤酒、烤羊排。

许是身体空了，我脸上的小山丘也空了，它们不再摩拳擦掌了。早晨醒来，我心底倒有淡淡的失落。

导游说，要去看热带动物园。想着诸葛也看不见，我们撇下了旅游团。诸葛捧着椰子，坐在树下吹海风。我买了一副廉价的墨镜，暂且遮住眼周的潘二副。“绿裤衩”他们开始了新一轮的排球战。昨天那帮孩子正端着小鸭子、小海豚的游泳圈，跟在一个教练后面划水。海岸管理中心停泊着一辆游艇：“200元每人每小时,带你探寻不一样的海洋世界”。

游艇不大，边缘有污渍，还泛着腥咸的味道。诸葛坐在游艇中央，我在边儿上。海风迅疾地划过，诸葛张大了嘴巴。我问他干吗，他说他要做第一个吃大海的人。游艇一侧，溅起几朵水花，落在我怀中。海平面一览无余，而最清晰、最模糊的，是那晚看到的孤岛。它若隐若现，忽明忽暗，张大眼睛，又迅速闭起。看着看着，我的眼睛酸涩起来，摘下了墨镜。

“你看到了吧？”诸葛像是闻到了什么。

“我看到什么？”

“别管是什么，去吧。”我感到诸葛在墨镜后面对我眨眼睛了。

和管理方说了，200 元每人每小时，一个小时后来小岛接我们。

小岛也有海滩，海滩上依稀几个游客。棕榈树摇晃着叶子，椰子树怀抱着椰子。这边的天堂鸟开得也旺盛，翎羽尖翘，随时准备飞走似的。再往深处走，遇到了几户人家，门前都有桌子，摆放着青椰子、黄菠萝、矿泉水。几个游客模样的人围着桌子打牌，旁边是半遮半掩的红烧牛肉面。那对“辣口”的夫妇，正跟随着一个导游左顾右盼。我们打了个照面，那个导游说：“这里四面环海，直面三亚海滩，出行有游艇，环境原生态，没有工业与现代文明的嘈杂，作为养老之地，再好不过了。”男的点头，女的却在摇头。诸葛听了，微微颔首。我领着诸葛，顺着小路走出去，见着了许多说不出名字的植物，我一一描述给诸葛听，诸葛也一一听着。

小岛不大，绕了一圈儿，时间还有结余。

诸葛问我：“这里和对面比呢？”

“都一样。”我仔细地擦着墨镜上的水渍，“就是牛肉面贵了点儿，还不如对面热闹。要是我是那对夫妇，我也不会选择这儿。”

“那——那只剑龙呢？”

我沉默了一会儿：“或许它也吃红烧牛肉面。”

诸葛顺着我的声音，摸到了我的脸颊说：“恐龙这种爬行动物在地球上存在了超过 1.5 亿年，是爬行动物向哺乳动物进化的一个过渡阶段。恐龙家族庞大，目前从发现的化石来看，已经达到了 600 多种，它们分为两大目：蜥臀目和鸟臀目。剑龙是鸟臀目，你相信它有一天会飞吗？”

从游艇上下来，阳光暗了几分。“绿裤衩”不在沙滩上，他的两三好友正准备做“撕名牌”的游戏，还四处招人。有的是“海岛”，有的是“海星”，我的名牌是“海岛”。分了队，我是绿队。男人追逐女人，女人追逐男人。有一对男女扭在了一起，传来一阵阵叫好声。我背着“海岛”的名牌，没有一个人靠近。名牌撕得差不多了，我成了绿队仅存的人。我站在沙滩中央，四周的红队队员围成了一个圈儿，逐渐逼近。阳光把我照得晶莹剔透，在他们触到我之前，我反手把背后的名牌撕下，露出湿淋淋的“海岛”。

红、绿队哄吵之际，“绿裤衩”抱着冲浪板回来了。洛杉矶闪着光，旧金山也闪着光。见我看着他，他回以一笑。那一排的白牙，像太平洋上的白帆。我捡起椰子树毛巾给他，他擦擦冲浪板上的黑水线，又还给我了。阳光渐稀，乌云涌现出来。人群散了，沙滩上零零星星的。我端着一杯艳蓝色的饮料，递给了“绿裤衩”。他喝了一口：“海岸宾馆 304。”

起风了，好大的风。天气预报说，“麦当娜”台风今晚降临。海水变得蛮横起来，嘶叫着扑上来。诸葛还在树下，椰子和他一起，坐圆了一个坑。

诸葛执意要吃螃蟹、龙虾。我说：“风暴要来了，恐怕人家还不开门呢。”他说：“吃不到，我们就去沙滩上捉，自己烤了吃。”拗不过他，我们去了宾馆旁边的海鲜烧烤摊。我剥了龙虾肉，放在他跟前。他碰都没碰一下。

“快吃。有虾黄的，趁热吃。”

诸葛没动。过了一会儿，他摘下了墨镜，露出像是被氧化了的淡黄色眼珠：“我可怕吗？”

“你干吗？”我开始剥下一个龙虾，“快吃。”

“恐怕不仅仅是可怕吧？”诸葛苦笑一声，“这世界本来就不公平，我们无法选择如何出生。”

我停下了手，不解地看着他。

诸葛又说：“这世界也很公平，起码我们可以选择如何去死。”

“干什么？！你说什么？！”我抓起他面前的虾仁，塞进他的嘴里，“吃！吃饱了再死！”

台风说来就来，窗外刮起狂风，四处都在响着海浪声、雷鸣声、街道上面车辆的报警声。我打开宾馆的电视，调到

《欢乐喜剧人》，想给诸葛听听。诸葛坐着，双手垂在膝盖上，像在打坐。不知道在没在听，反正没在笑。没等“小岳岳”登场，这个世界呜咽一声，全黑了。

海岸宾馆一片嘈杂，骂声、脚步声、手机响声。一片黑暗，没有星星，没有月亮，没有任何让人心头一闪的光。这种黑暗，好似天地初生时的混沌，没有光、没有热、没有希望。混沌里裹着一些看似柔软的东西，它无声无息、无色无味，它游走无声，显现无形，它就这么缓缓地钻进我们的毛孔，软化我们的骨头，直到我们浮起来、飘起来，和它们一起钻入深渊，成为深渊。四周阒寂，我看不见我，也看不见诸葛。

“停电了。”我说。

没等他回答，我又自顾自地说下去：“这就是黑。既是你的黑，也是我的黑，更是世界所有的黑。”

不知何方传来了诸葛的声音：“用心看，就不仅仅看见黑了。”

“可是你一直待在这种黑暗里面。”我的声音颤抖起来，“你怎么命名除了黑以外的东西？”

“希望。”诸葛说，“黑的反义词是希望。”

“不，希望只是一时的。最终，我们都会走向黑，走向死亡。就像她一样。”

黑暗中，我们沉默了好久。

“你的小说想好题目了吗？”诸葛说。

我抿住嘴唇：“我正在考虑。”

“也许你会明白的。”诸葛的声音近了起来。

突然，一双手伸了过来，落在我贫瘠多丘的脸上：“我摸到你，一只多么可爱的剑龙！”说着，这双手抓住了我的右手，让它落在诸葛自己的脸上：“你摸到什么，就是什么。说说，你摸到了什么？”

我真的用手指顺着他的脸摸索起来。这里是眼睛，这里是鼻子，耳朵也有，嘴巴也有。线条清晰明亮，就像光环里的人一样。这里是嘴巴，这里是耳朵，鼻子也有，眼睛也有。摸着摸着，我落了泪。

“妈妈。”我轻轻地唤了一声。

“妈妈。”我又唤了一声。

“妈妈！”我喊了起来。

我抱住了我的妈妈。脑海里全是襁褓、婴儿车、学前班、鸡毛毽子、奖状、连衣裙、毕业证书……直到那一声车鸣，我有了一大笔钱。满脸烂疮的我，也大可不必出门见谁了。

“妈妈，你还认得我吗？”

诸葛抚摸着我脸上的痘痘：“你只是不愿意它们消失而已。”

海岸宾馆亮起了点点的光。门外的人们一边捧着蜡烛，一边骂骂咧咧。我让稀疏的烛光进来，落在房间里。隔壁的人端着蜡烛经过，我看见我的影子由渺小变得硕大，再变得细长，在看得见大海的房间里转瞬即逝。

“我去 304 了。”我说。

“那个古龙香？”诸葛问。

“是的。”我说。风暴没有停息，狂啸着、撕裂着。我不知诸葛听见没。

“就是想……告诉他，那个绿裤衩和他不配，太难看了。”我自言自语。

诸葛没有说话。

一瞬间，所有的悲愤、内疚、懊丧涌上心头。我对着那一团不知是不是诸葛的黑暗物体嚷起来：“我总要和这个世界发生点儿什么！”

我并没有去 304。我去宾馆一楼转了一圈儿，几个女生围坐在一根蜡烛周围，似乎在玩笔仙游戏。一个中年男人大着嗓门朝手机吼着：“买 A 股！”剩下的服务员忙着分发蜡烛和打火机，有一个戴着最流行的蕾丝颈链，有一个穿着 10 厘米高的天鹅绒高跟鞋。在楼梯的转角，我看见了那对“辣口”的夫妇。他们在吵架。男的说亚龙湾的别墅好，今天买了明天翻两倍。女的说她是来买养老屋的，不是来投资房地产的。男的说：“养老养老，雾霾这么重，我们还能活几年！”女的得理，说：“那更要买海南的房子，还要买实用的！”风还在说话。它说个没完，吵个没完。

回到房间，烛光照亮了屋子，家具变得硕大。诸葛不见了。我发了疯似的，上下楼找了一遍，没有。风在怒吼，咸的，哗啦哗啦的。

雨珠落在海上，像是春风入土，杳杳无影；它们又落在我的头发、睫毛、肩膀上，我感觉身体热烘烘的，毛茸茸的，里面有什么要长出来了，也许是剑龙的背？我管不了这些。风驰骋着，号叫着，几乎要把我连根拔起。在漫天的咸里，我看见了海边的那个黑点儿。

我双手放在嘴巴上，大声呼喊着他的名字。他没听见似的，一寸寸地往前涌动。我奔跑起来，风像石斧，雨像利刃，雷声如鼓点儿一样砸向我。恐龙存在了超过 1.5 亿年，目前发现有 600 多种，剑龙是鸟臀目……不，我要长出翅膀……不，我要飞过去……

黑点儿逐渐小了，淹没在大海里。我停在大地上，一瞬间，黑点儿又浮了起来，沉下去，浮起来，沉下去……我一步一步地向前走，雨水落在我的身上。他在游泳，他要游到哪里呢?

我站在海边。海浪变成了妖魔的爪子，想把天空给扯下来。海滩也加入了这场阴谋，随着风来来回回。椰子树低吼。那远处的孤岛，变得模糊，没有了轮廓。突然间，潘一队、潘二副、潘三连，这陪伴我多年的东西，在以不可思议的速度抽离出去，飞上夜空，化作雨水，纷纷扬扬。

房间里一片橙色。我对着镜子，褪去湿漉漉的衣衫，就像一座海岛，露出她可爱的礁石。莲蓬头喷着温热的水，咸吗？突然，我被这个念头逗乐了。透明的水在我身上漫延、氤氲，我仿佛回到了母亲的子宫。房门啪嗒一声，诸葛应是回来了。我昂着头，热水顺着我的皮肤滑下去，我感受着身体里的退潮。

吾本良善

医生拒绝了柳素贞的请求："我们这个镇子，哪有这样的高科技哇？"

柳素贞从包里抽出折叠整齐的报纸说："都是人民医院欸，你们怎么会没有？你看这个郑萌珠，试管做出来的，十个指头一个都不差。"

关于生儿子，柳素贞只能赌。可这件事由不得她。按着年份，项睿之后，就是"龙种"项俊杰。可等来等去，"龙种"迟迟不来。当她感到怀了"龙种"时，医生说她怀的是子宫肌瘤。得了就得了呗，不碍事。"快了。"柳素贞对着身上的项自达说。"快了？什么快了？"项自达问。柳素贞沁出眼泪："俊杰要来了。"

这个“龙种”害得柳素贞好苦，她用白布裹着，想把吃了项俊杰的肌瘤压下去。许是这一压，柳素贞倒在了釉面砖的欧式卫生间里。等她醒来，天血红，小洋楼瑟瑟惶惶，星也不见几颗。电视机闪烁着，绞金丝的屏风像垂死的小山。柳素贞打开了楼里所有的灯。几十盏灯，几十个柳素贞，这几十个柳素贞才是真的。风在楼外沙哑地唱着歌，她跟着哼，几十个柳素贞也跟着哼。

天快亮的时候，她还是捧着“龙种”，深一脚浅一脚，往医院走去。撞开门时，医生还在啃着粢饭团。“医生，你快点儿啃，我家俊杰快出来了。”柳素贞站着，脱下线衣，一圈儿一圈儿地绕下白布，露出了月亮似的肿块。她抓着医生满是饭粒的手，放在肿块上：“这里是俊杰的眼睛，这里是俊杰的鼻子，耳朵也别漏了……”说着，柳素贞一口咬住了医生的粢饭团。

后来，柳素贞吃过好多次粢饭团，怎么也找不到那个早晨的滋味。也不知那个粢饭团，是哪双手捏的。中学同学岳虹说：“粢饭团有什么好吃的，不知道捏的时候有没有洗手。”

柳素贞再也不提粢饭团了。她和岳虹做了三年同学，镇上也就岳虹和她谈得来，她们从小认识，陆陆续续到了现在。岳虹爱卷着花帕，从书屉里抽出白绿的书。岳虹会去码头念诗："青春啊，你是一本太仓促的书。""是啊，太仓促了。"柳素贞低声跟着她念。码头的水涨上来，落下去。

"岳虹呀，"柳素贞自顾自地说着，"我看不上那个余居易，一个破老师，只会写一点儿破诗，又穷得很。"

岳虹正在洗头。

"岳虹呀，"柳素贞斜斜地倚在门框上，"最近洗得勤快了点儿。"

岳虹撩起头发："你来了，我刚洗完。"

"力士肥皂可还好用？"柳素贞满口笑着，鬓角在风中舞成了蛇芯子。

到了屋里，挨上了方凳，岳虹剥开素油纸，两块脂艳粉润的马蹄糕："早知你来，我再买点儿西头儿的枣糕。现在马蹄糕模样小了，枣糕也瘦了，你给我的力士肥皂，倒是货真价实。"

"哎呀，"柳素贞笑了，"不值几个钱的东西。钱是赚来的。"

岳虹放下马蹄糕："赚钱？"

"你说说，云官镇一万多人一万多套衣裳。"柳素贞摸着岳虹湿漉漉的头发，挤了挤，摊着手，"你数数几根？"

店还是开起来了。柳素贞依着自己的轮廓，做了两身样衣，藤蔓印花、蕾丝花边儿、蝴蝶开袖，在镇上走了一圈儿。昨日梦里，码头抬来了一个箱子，箱子里是花冠敞衣的财神爷。

一大早，岳虹扫净了门口，还去烧了水，水烧开了，柳老板又让她上街买牛皮糖。门前拥着红脸白面，好生热闹。柳老板摆了摆身子，泛起百叶窗般、明明暗暗的笑，琳琳琅琅过去，门两侧的蓝印花布，都细细密密地渗着汗。

热了几日，冷了几日。批发商那里来了人，骂骂咧咧的，卷了胭脂牙白的布匹，放在了车上。柳素贞说："要不要我帮你？"那人瞥了她一眼，似乎她是扫把星。

柳素贞还是从车上抽下了一匹布，白底蓝胖子。她把蓝胖子们裁成了衣片子，缝来剪去，锁边儿包缝。一个不留神，针戳破了食指，血涌了出来，她在衣服的胸口按下了两个指纹，成了一颗红心。笑着，柳素贞一口咬实了食指，咸得很："俊杰呀，妈妈对不住你。"

云官镇的月亮有点儿怪，那分明是俊杰的嘴，整夜整夜地喊妈妈。柳素贞把镇上的女人排了一遍，能给项自达生孩子的是有那么两三个。一个嫁到了外省，一个欠了高利贷，逃了，就剩下小美人尹芙蓉。

项自达的老爸曾是老美人——嫦娥的相好，后来，项自达看上了小美人尹芙蓉。老嫦娥说："项秃头的儿子，我就是死了你也别想！"后来，老嫦娥给尹芙蓉择了一个矮个儿男人。出嫁当日，尹芙蓉跪在老嫦娥面前，指着新郎说："你死了，我会让他放开了哭的。"老嫦娥笑了："好丫头，你也别省着泪。"

上次见尹芙蓉，还是在自家的床上。尹芙蓉攥着那个木樨花枕巾套，698 块大洋呢。尹芙蓉把 698 块大洋紧紧地捂在脸上，项自达任由柳素贞腆着肚子，歪倒在漆得光亮的地板上。

去找尹芙蓉，并不是什么丢脸的事。隶书牌的"泰山石敢当"，就是尹家。尹家不缺女人，缺男人。柳素贞站了那么一会儿，想着昨日落的雨。她张开嘴，接了几滴雨，每一滴都有状元红的味道。

还是那个小美人，盈盈笑着："柳姐姐来了？"

栗色的梁，红木几，紫帐幔，中间是一个熊猫电视机，神龛里供着一尊观音菩萨，下方有一个金丝香炉，一缕缕的，似乎有烟。尹芙蓉拿茶点去了，天井传来细碎的脚步声。

小美人端来一盘青花碟，碟里稳稳地坐着几颗纤细的瓜子。柳素贞剥了一颗，垂下手在包里翻着。

"姐姐在找什么呢？"

柳素贞抽出一沓纯白的布，仔仔细细的元宝形。一绺一绺地剥开，端端正正的，淡紫色的木樨花枕巾套。

"这枕巾套，是我和自达结婚时买的，698 块大洋呢。想想，还是更适合芙蓉妹妹。"

尹芙蓉把碟子里的瓜子一颗一颗地嗑完了。

好多天后，柳素贞还是恍惚，那天，尹芙蓉有没有和她说过话。后来，想来想去，尹芙蓉还是跟她说过话的："有本事要我生？看看自己，想你也生不出！

柳素贞决定去庙里清净清净。

庙里人不多，六指和尚让她抽签。

不成邻里不成家，

水泡痴人似落花。

若问君恩难得力，

到头毕竟事如麻。

是下下签。柳素贞心里咯噔一声，但她反而觉得屋子里亮堂起来。来了，到底来了。爱的到来，光的到来。

柳素贞随着六指和尚来到菩提树下，请了三条平安符，六指和尚帮她系在花上。

柳素贞暗暗地看了他的手，果真是六根。如果俊杰是六指，也行。

这些日子，岳虹觉得柳素贞胖了，有了官相。本科生柳素贞当上了云官镇的残联兼职副主席。

柳素贞把做事当成了积德。她最念及的，是兆裕巷里头的吉祥家。吉祥是个傻子，和他奶奶吉婆一起过，吉婆眉毛都白了，就想给吉祥娶个媳妇。吉婆跪在柳素贞面前，弄得她直流泪。人活着，是各种苦法啊。

柳素贞真说到了一户人家，落风村的。女方得过小儿麻痹症，腿脚不便，嘴巴有点儿歪。吉婆说无妨，能生就好。

婚事也是柳主席主持的。柳主席为他们在巷口的小花楼请了顿饭，满楼的大白兔奶糖味儿。

糖吃完了，新郎官不见了。

天不亮，新郎官吉祥光着身子回来了。

“吉祥啊，昨天新婚夜，你干吗去了呀？”

吉祥嘿嘿地笑着：“新婚夜，能干吗呀。”

“吉祥，你说说，新婚夜能干吗呀？”

吉祥低下了头：“洞……洞房呗。”

人群一阵哄笑。吉婆抱出一团喜幛，包住了吉祥的身子：“也不早说，哪家的姑娘？”

“芙蓉。”吉祥把头埋进了怀里。

“吉祥啊，说大声点儿。”

“我老婆。”吉祥的头更深了。

“柳主席也来了，吉祥啊，你再大声点儿。”

吉祥的眼里发出了异样的光。他抬起头，望着半青的天，望着望着笑了起来，用手指戳着天上的太阳："我老婆，小美人！"

吉婆把尹芙蓉请了过来。尹芙蓉没想到吉家门前那么多人。

静了。白色的、灿烂的日光，一点儿一点儿地升着，一点儿一点儿地恨着，一点儿一点儿地悲着。几只鸟翻飞，远着，近着，有着，无着。

尹芙蓉突然看见了柳素贞。柳素贞把身边的吉祥往她那边推了推，抽出一沓纯白的布，仔仔细细的元宝形。柳素贞满溢着笑，跷起她的小拇指，一绺一绺地剥开，淡紫色的木槿花枕巾套。

"有的人想男人想疯了，居然抢我的干侄子吉祥。这是了事帕，你们闻闻，是不是有什么狐狸臊？"

尹芙蓉张大了嘴，嘴巴里全是大白兔奶糖的味道。

天淅淅沥沥地落起雨来。柳素贞早早起身，坐在窗台前。听说，尹芙蓉离开云官镇了。离开也好，天天落着雨，可别把小美人的美人皮沤烂了。坐累了，柳素贞从抽屉里拿出了算盘。雨落三滴，她打一个算珠。雨要是落不停，她也就算不停。她好歹是云官镇数一数二的本科生，她不是玫瑰，但项自达绝对是一坨牛粪。柳素贞丢下算盘，躺在床上，晕晕乎乎的。她像是被搬到了轿子上，好多好多的轿子，偏要她坐最前头的。轿子外热闹着，却听不出是喜是丧。柳素贞掀开轿帘，还当是谁呢，数十个壮汉，抬着轿子，把柳素贞抬到盛宴里去。为首的那个，一身腱子肉，回头朝她坏笑着，牙齿顺亮。柳素贞用轿帘掩了大半个脸，嗓音圆润："What's your name?（你叫什么名字？）"

歪嘴新娘子跑了。吉婆噎了半口饭，口水一落地，没能收回来。邻里帮衬着，吉祥烧了点儿纸，把吉婆埋了，葬在临水的田边。柳素贞掉了几滴泪，折折算算，也有近三年的交情了。

柳素贞把白菊插在吉婆的坟前，对着坟包，絮叨了一会儿。说的都是小燕子、紫薇，小燕子中箭了，紫薇瞎了眼。她就是想说说话，说什么不重要。皇阿玛万岁，皇太后千岁。要是真能活那么长时间，也没多少意思。

岳虹总算把自己嫁出去了。那个又穷又酸的诗人余居易，连金戒指也买不起，但岳虹还是要做新娘。柳素贞塞给了她一个大红包："岳虹呀，你别忘了，你的儿子，就是我的儿子啊。"

岳虹终归大了肚子，但也是个女孩儿。柳素贞懒得瞧一眼，她觉得日子太寡淡了。她变成了一朵云，起起涌涌，白日里涨了点儿，晚上消了去。她也没冷着岳虹，捉着她的手，说着些咸淡。这两个云一般的女人，一走一个浪，一走一个蜚蜚，一走一个声嘶力竭。人前花开，人后花落，转了身去，捧了满手的泪，呼呼抖抖的，生怕旁人把这些日子也夺走。

云官镇依旧是白墙，依旧是黛瓦。新世纪有什么好的，云官镇是旧的，桑塔纳是旧的，香奈儿是旧的，人是旧的，就连那些肚子里的胎儿，一生出来，也旧了。

镇上开了一家新的舞池，叫东方巴黎。人是进去了一拨，回来润了模样。罢了。柳素贞对着镜子，编了根粗长的鱼骨辫，简直长到屁股缝里了。她袅袅一转，辫子像蛇一样逶迤起来，柳素贞逮住它，娇嗔道："你这个坏东西。"

就这样，跳着。就这样，爱着。就这样，渴望着。

就这样，沉睡着。柳素贞觉得自己涉过了重重海浪，该是安歇的时候了。天空遥远而可憎，白云变幻而妖冶。她在她自己的静止中，她在她自己的清醒中，她在她自己的摧毁中。此刻，她想笑，想爬上浪峰，想飞上天际。海岸有她的爱人，吹着海螺的是她的孩子。她活在宇宙里，多么万幸。

大海收走了它的澎湃，柳素贞睁开微涩的眼。顺绰的鼻，细洁的嘴，鹿一样的眼睛，白鹤般的腿，胸前的派克笔齐整闪亮。这罗大佑，总是慢半拍。

罗大佑一样的男人，姓尧，是个牙医。人家尧医生，可看过大半个镇子的嘴。来得迟了点儿，柳素贞满心的惋惜。“对，就左边第三颗，老是疼。下雨了疼，吃了甜疼，夜里翻来覆去睡不着，也疼。昨日里贪凉，忘了左手的被，稀里糊涂挨到了天亮。这一起来，丝丝线线地疼着，想着用热水袋焐一焐，也不抵事。往春天走了，人难免倦怠。午时喝了点儿稀粥，配着街上的酱菜，还是咬不得，咬不得。心想着算了算了，收拾了碗筷，在沙发上铺了点儿褥子，绣了金边菊的那种，哪知脸一靠上去，就哎呀哎呀地叫起来。我也不是没想过办法，前段时间挂了五官科，钱也交了，队也排了，到手就是两盒牙膏。利民超市只卖 5 块 8，还送一小管的那种。你说说，有些人钱好赚，有些人钱好花。尧医生，你可得给我仔细看看，不然嘴里缺了缝，我定饶不了你。还有，尧医生，你说我的虎牙是云官镇顶好看的，可要说话算话。”

算不算话可是由不得柳素贞的。隔三岔五，柳素贞的牙都疼上那么一回。疼得也巧，都是尧医生的班。尧医生的手细致，五指那么一绕，虎牙、槽牙，各自安稳了。过了一会儿，柳素贞说：“还是有点儿疼。”

尧医生把自己的杯子给柳素贞漱口水，她说：“还真有点儿油墨香呢。”尧医生听懂了，从胸口抽出了钢笔。柳素贞扑哧一声笑了出来。“尧医生，你可想哪儿去啦。你这衣服料子是的确良的吧？尧医生，你人这么好，该配条金利来领带。”

柳素贞挑了三条金利来领带，黑色的稳重，藏青的洋气，墨绿的绞着金丝。这男人啊，要会挑颜色，还要会挑女人。挑对了，不只是面上的事。柳素贞把领带熨了一遍。自个儿

年轮典存藏书局福利卡

年轮典存藏书局以推广文学类图书为宗旨，此番推荐书籍32款。为答谢各位读者的支持，特发放如下福利：

① 拍照发微博并@北京长江新世纪即可99元购得限量超值图书盲盒。

② 随书获得一张藏书票，拍照发微博并@北京长江新世纪，您就可以8.8折购得该藏书票对应的盖有限定收藏码+纪念章的图书。

③ 集齐年轮典存藏书局的任意6张不同的藏书票，拍照发微博并@北京长江新世纪，您将获赠『年轮典存丛书』中随机一本盖有限定收藏码+纪念章的图书。

年轮典存藏书局福利卡

年轮典存藏书局以推广文学类图书为宗旨，此番推荐书籍32款。为答谢各位读者的支持，特设如下福利：

①拍照发微博并@北京长江新世纪即可99元购得限量超值图书盲盒。

②随书获得一张藏书票，拍照发微博并@北京长江新世纪，您就可以8.8折购得该藏书票对应的盖有限定收藏码+纪念章的图书。

③集齐年轮典存藏书局的任意6张不同的藏书票，拍照发微博并@北京长江新世纪，您将获赠『年轮典存丛书』中随机一本盖有限定收藏码+纪念章的图书。

年輪典存藏書局 01 ✕ 夜的眼 王蒙

的身子，自个儿的服帖。

尧医生都欢喜。欢着，喜着，尧医生握住了柳素贞的手。医生都是些什么人呀。他们穿着白的衣裳，戴着白的帽子，整个人都白得发亮，白得潋滟。

柳素贞坐在床沿，一点点地褪。蕾丝花的胸罩、细针的毛衣、呢子的外套、牛仔加棉的裤子，衣裳细纤纤地、淅沥沥地落在了地上。满地的云啊，满地的月。“想你的时候，我抬头微笑，你知道不知道。”柳素贞哼了起来，“那时我们年纪小，你爱谈天我爱笑。”笑着，柳素贞哭了起来。

“怎么了？”尧医生脱下了衣褂，挂在了衣架上。

柳素贞下了床，朝尧医生跪了下来，眼泪止不住地滚：“医生呀，求求你，放过我，放过我家俊杰……”

周围白得彻骨。尧医生掐着柳素贞的胳肢窝，把她整个人架了起来，摔在床上，凑了上来。冰冷的床，冰冷的刀，柳素贞左右挣扎着，想把自己蜷缩起来。尧医生扒开了她的手，骑了上去。柳素贞一声尖叫。尧医生紧紧地攥着柳素贞的乳房：“怕什么，你又不会怀孕。”

过了些时日，柳素贞依旧当着她的老板娘。只是偶尔会昏昏沉沉地醒上两次。南边的烟雨桥下，黑色的弯儿，黄色的弯儿，偶尔婆娑着。月是刀，星星是它戳开的窟窿。刀杀了多少人，柳素贞也数不清。她身体里也有一个窟窿。有窟窿的人，比不上没窟窿的人。有窟窿的人生，怎么补都会漏。月隐去，星星也淡了。云官镇静了下来，矮矮的居民楼上，湿漉漉的灯亮着。各人有各人的亮，各人有各人的暗。

那个穷诗人余居易，得了几个文学奖。岳虹家换了电视机，把熊猫换成了日立。过了段时间，岳虹有了枚翡翠观音，满满的水光沫子，把柳素贞硌得眼疼。那个余叶子，常常拿年级第一，也常常跟着岳虹去码头读诗。青春是本太仓促的书。落了空闲，柳素贞会来陪她们。岳虹看书，柳素贞看云。看着看着，柳素贞想起了她送给岳虹的诗："我跑，我跳，我在人群中放下屠刀。一个人的时候，净衣，祈祷，在早已粉碎的心里种下密密麻麻的青草。"

云官镇的学生少了，都跑到市里读书去了，街道上也冷了下来。实在没事了，柳素贞就数联欢会留下的气球。蓝色的气少，红色的太艳。数完了，从角落里捉来几支笔，闭着眼，戳一戳。啪，啪，啪，听来热闹。她把剩下的气球的系绳搓成一绺，绕在手腕上，出了屋，左右走一走，居然也飞不起来。

柳素贞眼里头只剩下了项睿。到底随了她，个头儿高，四肢修长，一头乌黑浓亮的发，比得过岳虹。这是她生出来的吗？明明曾经是个肉球。柳素贞看着，觉得她生出了个假人。

项睿被瞧得红了脸，说她功课做好了。

“你玩儿你的。”柳素贞说着。项睿发育好几年了，初潮那会儿，她以为她要死了，哭哭啼啼地写了遗书。柳素贞带她去买胸罩，她羞得放不住眼睛。柳素贞买了白的、粉的、小叮当的。她说班里的男生盯着她的小叮当。柳素贞笑了：“人家看你是喜欢你。”后来，她还说：“有些男生还有意无意地碰碰小叮当。”柳素贞又笑：“人家碰你是爱你。”项睿说：“就像你爱爸爸一样吗？”柳素贞唰地变了神色。过了许久，柳素贞说：“男人爱女人，男人才会碰女人。”

碰不碰，这也不是难事。前段时间，柳素贞还出去和网上的男朋友同居了半个月。有人捉住了把柄，捅到了项自达那里。项自达也没说什么。关于房子，关于抚养费，项自达不会糟蹋钱。只是偶尔，柳素贞会想起学生时代。他是她的老师，眉眼有几分像《几度夕阳红》里的秦汉。他念《诗经》时，可帅了。原来，喜欢不叫喜欢，叫“关关雎鸠”，想念不叫想念，叫“在河之洲”。然而，“秦汉”退回了柳素贞的情书，说了些建设新时代的话。柳素贞脱光了自己，用笔在身上写满了《关雎》，大大方方地走过了校园，一把抱住了“秦汉”。

“秦汉”会老去，项睿也到了该有的年纪。柳素贞也把她送到了市里读寄宿高中。一入学，教导主任就剪了项睿染得通红的辫子。项睿在柳素贞怀里哭了许久。柳素贞说：“人总归要哭的。女人就是水做的。”

不知怎的，小洋楼也窸窸窣窣地跟着哭。柳素贞心里没底，冒出了无数小鬼手。琢磨着，柳素贞的骨头都薄了。满天满地的眼珠子，非要把她的魂给窥走。“不得了了。”柳素贞对着空气说，“不得了了。”

确实不得了了。不成器的项睿，居然和人跑了。教导主任搜出了告别信。她爱死那个叫梁迟的男孩儿了，希望大人们能够成全。柳素贞撕了信，两个对半儿，又抚平，用胶带粘起来，折叠整齐。“主任，你见过了这么多学生，想必也了解我家睿睿。睿睿不是那种女孩子，她乖得很，小的时候，一口糖吃不下，还省给她妈妈吃。要是梁家没个交代，我这个做妈妈的，死的心都有了！”

“亲爱的，你慢慢飞，小心前面带刺的玫瑰……”街头依稀放着《两只蝴蝶》。柳素贞一个人走着，就这么一个人走下去。走着走着，柳素贞长大了。走着走着，项自达出现了。走着走着，睿睿出生了。走着走着，她的俊杰没了。走着走着，人们都散了，各回各家了，天也黑了，月亮又戳死了无数人。就这么走下去吧，走出了满脚的泡，世人说那是爱；走出了满脚的血，世人说那是人生的真相。

项睿被押送回来，已是三日后的傍晚。说是在煎饼摊前讨价还价，摊主不肯，管她要钱。她伸手从锅上撕下了煎饼，往嘴里一塞，正想逃走，被警察拦了下来。

柳素贞端详着项睿的手，密密麻麻的一圈儿水泡。抽抽搭搭的，项睿哭着说：“不就一个煎饼嘛。”柳素贞望着项睿，她是俊杰的姐姐吗？她是假人，她的假女儿。柳素贞竖起大拇指，猛地按住了项睿的水泡。

项睿甩开了柳素贞的手，往桥下的河面冲去。正值严冬，云官镇的莹河已结出了厚厚的冰面。啪，啪，啪，项睿的脚步扯开了混沌的夜。

“睿睿，别走多了。放出脓水，自然好得快。快回来。”

月亮回了柳素贞一声。河面升起了无数的荧光，大的、小的、白的、方的。它们正是人的魂魄。

啪，啪，啪，一路亮着两排细小的、白色的微光。项睿托起一块石头，猛地往脚下砸去。

“你干什么？你会掉下去，会死的。”

一下，两下。项睿的脚下出现了一个冰窟窿，她把手伸进去，搓洗着手上的水泡。一下，两下。

“你会死的。”柳素贞迈开了脚。冰冷的河面，冰冷的刀。

“妈妈。”项睿抬起头，望着柳素贞，“你有没有想过，你死后，会变成什么？”

柳素贞一字一顿地说：“死了，我还是你妈妈。”

谁能想到呢，岳虹家调到雨城去了。这岳虹，平日里看不出，也是个心思紧致的人。到了日子，岳虹喊来了一辆卡车，放了好一阵鞭炮。噼噼啪啪，噼噼啪啪。

柳素贞不会耽误了告别。一双红底尖跟的缎面鞋，一件金丝碎花的连衣裙，戴上水光波漾的翡翠镯子、绿得盎然的翡翠耳环，还有配套的翡翠链子、戒指，好好地来送她此生最深挚的体己了。走着走着，柳素贞有些鼻酸。青春啊，你是一本太仓促的书。天边的鸟飞起飞落，码头的水喑哑无声。

"素贞呀，"岳虹朝她走来，"过会儿我们就要去城里了，也想着给你留个念想，想来想去，其他的都太俗了。"说着，她从包里抽出一册白绿的本子。

柳素贞接过本子。白白绿绿的封皮，像白白绿绿的河水，从无复返。这里面全是她们写的诗。

岳虹爬上了卡车，车轰隆隆地响着。她似乎在说着什么，柳素贞凑了过去，一切都是那么模糊。"你说什么？""放不下的就忘了吧，忘不掉的就丢了吧。""什么？你是在对我说话吗？""我说你放下吧。""放下什么，我没什么要放下的。""你不要这样。""我怎样了？我一直是这样的。""我说你不要太执着了。""你说什么，太吵了，我听不清。"

岳虹渐渐远了。她在挥手，一遍又一遍。

没了岳虹，柳素贞还是把日子过得锃亮。她对着电视，老是没来由地笑。那个《武林外传》可乐得紧，白展堂白，大嘴大，剩下个秀才，没事也只能秀秀才了。播了一遍，不尽兴，回放一遍。回放了一遍，还是漏看了一些情节。

先前的那个吉祥，多少还有些来往。客客气气的，送点儿茶点，送点儿水果，节假日和学校讨点儿米油。柳主席给吉祥在云官学校找了份清洁工作，好歹把自己对付过去。只是偶尔，柳素贞来了兴致，会让吉祥来残联喝茶。残联人少，清静。

“吉祥啊，你喜欢佟湘玉还是郭芙蓉哇？”

吉祥嘿嘿一笑：“我喜欢芙蓉。”

“哪个芙蓉哇？”

吉祥眯起了眼睛，脚尖一寸寸近着。柳素贞放下了椅背，斜靠着，胸脯一起一伏，嘴里呵哧呵哧笑个不停。吉祥把手搭在她的胸口。柳素贞一把打开了他的手：“干什么呢？”

“喝茶，我要喝茶。”吉祥又靠近了些，抖着一身的骨肉。

“这是小美人的茶。”柳素贞指着杯子。

吉祥端起杯子，喉咙里咕咚一声。

吉祥有一股蛮荒的力气。蛮荒的东西总叫人神往。比如天边的雪山、地下的洪水，还有呼啸的狂风。这些都能让柳素贞感到生命最本真的战栗。她涉过重重的海浪，她跨过层叠的山峦，一日又一日，一夜又一夜，她在她自己的岛屿上，唱着她自己写的歌。所有看到的人，都会化为石头。所有听到的人，都会成为她忠实的脚拇指。

啪嗒啪嗒地，吉祥居然对着她哭了。一滴一滴，落在柳素贞的肚皮上，像几条透明的小蛇，沿着不同方向逃逸而去。“芙蓉，我的芙蓉，你会离开我吗？”

“自达，我不会离开你。”柳素贞颤动着身体，朝天顶的白投去一眼，“你这个妹妹，怎么就想不开呢？”

一路想着，天晚了，雪亮的月，照着越来越小的云官镇。

门里头没有什么声响。柳素贞紧着脚尖，贴着门缝瞧着。

一瞧不打紧，是多年未见的老嫦娥。琵琶旧了，牡丹谢了，霸王别离了美人，嫦娥也老了。这老嫦娥，偏偏趴在地上，一个劲儿地喊着：“好丫头，好丫头。”

她到底还活着，还活得这么鲜丽，一开口，甜蜜蜜，一伸手，一个月亮。这月亮到了屋子里，照得老嫦娥满身惨白，尹芙蓉却站着，神姿顾盼。美人到了月下，也在慢慢变黑。

“好丫头，把……把药给我。”

尹芙蓉不说话，侧边抱下一物，放在老嫦娥面前。原来是那个雕花红木箱。打开，是满箱的珠宝。

尹芙蓉指着箱子里的碧玉金步摇：“戴上。”

老嫦娥倏地不动了，定定地看着尹芙蓉。

“戴上。”

老嫦娥缩起了身子，捧出那支金步摇，插在花白的髻上。

“这个，戴上。”

老嫦娥拿出红珊瑚手钏，套进自己干枯的手臂里。

“这个，戴上。”

老嫦娥垂下了头，肩膀耸立着。她推倒了红木箱，哗啦，一堆红金彩银。她扑了上去，珠宝玉器从她瘦小的轮廓边漫溢出来。“我戴，我戴。一个也不给你。”说着，她拿起了一对和田玉耳坠，朝自己的耳垂戳去。辨不清是否有耳洞，柳素贞看见有液体流了出来，黑色的。这一切没有阻止老嫦娥。她的头上插满了步摇珠钗，手臂戴满了金银玉镯。一下子，嫦娥老了，还是那个珠光宝气的嫦娥。

地上还剩着些，老嫦娥却一个激灵，捂住了胸口，抖得像个筛子。

“好丫头，快，把……把药给我。”

房间里一片沉寂。良久，尹芙蓉把药倒在了手上，猛地，往天顶上一撒。

老嫦娥开始痉挛，身体皱成了破布。她在哭，像个孩子般在哭。

“你可自己说的，别省着泪。”

忽地，尹芙蓉转过头，满眼的笑意，满脸的脂艳，望着门缝外的柳素贞。

惊喊一声，柳素贞一身汗津津地坐起来，楼里空空荡荡，方知是梦。

尹芙蓉终究要回来了。

当年逃出镇子的女人，成了尹老板。云官镇的人似乎又多了起来，全拥到了兆裕巷。

柳素贞拾掇了一身，画了柳叶眉，眼线也来回描了好几遍，口红涂了抹，抹了涂。那个念兹在兹的好妹妹，怎么也得会一会。

没想到，尹芙蓉还披着那身美人皮，一口一个“姐姐坐”“姐姐喝茶”，柳素贞到底气软了半分。当年，还是自己赶了人家走的。尹芙蓉还给她留了面子，眼里头还有她这个姐姐。面对着面，两个女人热和了好一阵子。姐姐家的裁缝店，妹妹家的熊猫电视机，还有那会儿的《神雕侠侣》，姐姐妹妹都欢喜着小龙女，到今日，都惦记着李若彤的下落呢。到了尽兴处，两人都摸着彼此的指尖，全然没有一丝罅隙。说着说着，两人讲到了那时的别离。柳素贞酸了鼻子，还没托词，尹芙蓉就握住了她的手：“当年妹妹离开这儿，能有如今这样的日子，莫不是靠的姐姐的恩情。这些年，妹妹也在反复念着自己的错，不知姐姐是否还介意。妹妹有对不住姐姐的地方，姐姐还要海涵。妹妹离开云官镇，还是姐姐帮着下的决心，怪不得别人。离开了衣胞地，才发现，世界广大得很。所以，凡有挂怀的，今天就全部解开。”

话落，尹芙蓉离了座，双膝一勾，扑通跪了下来。

柳素贞脚一崴，也跪了下来。

回家的路上，柳素贞看见脚腕肿了一块，疼得很。

尹还是那个尹，芙蓉却变了。瞧着她，吃穿用度都应时应景，手里头的筷子，还掐了银尖，生怕有人害她似的。都是自家的姐妹，这些年也多少沾了些苦楚，自是和往常不同了。敲敲打打，浮浮沉沉，总算赶了日子，在云官镇上岸了。岸上热热闹闹，有着水里够不着的好。因着这份好，芙蓉妹妹说，她自个儿有了家私，有了财帛，就念着云官镇的乡亲们，如今她手里有一笔包赚不赔的项目，都是留给自家人的，大伙儿一起发财。

云官镇的老老少少们，都晓得了尹芙蓉的大善心。雨城的岳虹，也听到点儿风声，连着给柳素贞打了十几个电话。如是地，头尾地，柳素贞细细说与她的体己听。大抵是什么红外线、拓扑结构、仿生物学的，等等，一顺溜的国际认证，30% 的利息。见得这般情景，电话那头响起了余居易的声音。余居易毕竟是个穷小子，在云官镇没有房，到了雨城，怎还买得起？况且，她岳虹不是说了嘛，余叶子将来是出国的料。在中国还没混得开，还想跑到国外去？罢了。柳素贞也不提醒岳虹了。各人自有各人的通透。

高昂的利息，是给了好一阵子的。老老少少们高兴，岳虹高兴，余居易高兴，柳素贞也高兴。柳素贞把家具城所有的流动资金都拿来了，300 万不差一分。屋子里还有 2 万的零钱，想着，她又把卡上的 1270 元添了进去。没过几日，柳素贞把自个儿的钱都挣回来了。云官镇倒有了些夜夜笙歌的况味。

尹芙蓉消失了，云官镇又落起了雨。十几年淌过去，尹芙蓉还是那么怕湿，怕把美人皮沤烂了。那日，柳素贞起了床，从抽屉里拿出算盘。雨落三滴，她打一个算珠。雨要是落不停，她也就算不停。她好歹是云官镇数一数二的本科生，找了坨牛粪，那是亏了。项自达说她只会花钱，这次，她可给他挣了大钱。云官镇的人，大多是靠着放高利贷攒下钱的。有了尹芙蓉，他们的下半辈子也算有了依托。起起落落的，柳素贞满心都是喜。她从不是自私的女人。想了一会儿，她又觉得倦，把自己铺在床上。眯了一会儿，又觉得全身消乏，撑了眼，仔细瞅着屋子里的摆设。算盘珠子还未收起来，雨光温温地照着，也有了些许面善，隐隐地透着喜气。正瞅得没了精神，岳虹来了电话。昨夜里无眠，柳素贞坐在窗前，坐着坐着，有了饿意，拿了冰箱里的元祖雪月饼，嘬了两口，意外的好吃。柳素贞本想咸咸淡淡地唠上几句，电话那头哇地哭了。

绕过了那个弯儿，平平仄仄地走上十几秒，隶书的“泰山石敢当”，黑黢黢的，聚着一群人。为首的壮汉，一脚踹开了尹家的门。

一地的白色药片，中间有一个翻了盘的雕花红木箱，木箱旁边，躺着一具满头步摇珠钗的老干尸。没有一句话，大家彼此心照不宣，沉默地撕打着，挤压着，一个个地，一排排地，从干尸手里抢回自己的东西。

柳素贞从人群中淡去了。她也会唱歌，她也会跳舞。在月亮下，款款地走上几步，这月娇婵，这玉玲珑，抵不上她的一半之半。在人活着的某一时刻，会发现自身的内里，是白色的。白得那么坚硬，白得那么遥远。带着一身的白，人们死去。带着一身的痛，人们又醒过来。醒过来做什么呢?

柳素贞觉得恶心。昨夜里的元祖雪月饼，混着些今日的饭菜，哗地落在了地上。这个尹老板，怎么就和干尸睡在一起了呢?

岳虹赶了回来，在兆裕巷踉踉跄跄地走了一路，好歹把路石子都磨圆了。圆了归圆了，哭哭啼啼地，又在柳素贞的肩头坠下两行泪。湿了干，干了湿，央着柳素贞带她去停尸房。口里含着一个戒指，哪里还有九窍玉，或许的事。柳素贞拍着她的背，听也听腻了。3021270元。项自达说了，柳素贞一天挣不回来，他就一天不让她死。岳虹这边出了岔子，余居易攒了小半辈子的30万，都扔了，最后还贪了心，从单位账面上抹了50万。会被发现的，会被开除的，会入狱的，早晚的事。岳虹又在她的肩头坠下泪来，黏糊糊的。

明里，柳素贞安慰着岳虹，暗地里，柳素贞悔得肠子都青了。都是这个岳虹，省着吃，省着穿，省得自个儿没了运气，还连累了柳素贞。不能留，柳素贞客气了几日，送走了她。

果然，晦气找上了门。项睿那边来消息了，教导主任让柳素贞来领人。不过半年，可到了高考的日子。又有哪个不要命的崽子，偏要兴风作浪？

项睿胖了，白了，圆了，也有小肚子了。柳素贞刚要开口，教导主任把她喊出了门。他说："项睿每天都会吐，气味儿不好，影响其他学生学习。"柳素贞一愣："可是得了肠胃炎？"主任依旧冷着脸："还有半年就高考了，带坏其他学生可不行，我们学校本科上线率80%，一本上线率28%，可不能害了一群马。"柳素贞这才明白了，她的项睿，是没有窟窿的女人。没有窟窿的女人，得到的自然就比她更多。比如，爱的到来，光的到来，美满人生的到来。

屋子一下子亮堂了，又一下子暗了。柳素贞哆嗦着嘴唇："可是姓梁？主任，你见过了这么多学生，想必也了解我家睿睿的脾性。睿睿不是那种爱玩的女孩子，她乖得很，小的时候，一口糖吃不下，还省给她妈妈吃。要是梁家没个交代，我这个做妈妈的，分分钟就撞死在这儿。"

出了手术室，项睿躺在病床上，眼珠子看着烁白的顶灯，丝毫不动半分。柳素贞也抬起了头。看着看着，柳素贞把黑眼珠都看白了，项睿依然看着，扑棱棱的黑睫毛，不见细微的颤动。柳素贞一遍遍摸着她的手，摸着她的脸蛋儿："睿睿，你想哭就哭吧。"烁白的光在项睿的眼睛里晃动，啪嗒溢出了眼角。柳素贞攥紧了项睿的手："睿睿，现在哭一哭，也好。妈妈就想告诉你，总归要哭的。"

安顿好项睿，柳素贞把胎儿装进玻璃瓶里。是个男孩。男孩又怎样，还是姓梁。不是项俊杰，就不能让他活着，也不能让他白白地死去。柳素贞带着瓶子来到了中药铺。

梁迟杀了自己的孩子，自然也逃不过天道的惩罚。半年后的高考，他并没有参加。有人说他受了刺激，浪迹天涯去了。后来，柳素贞化名注册了人人网，搜到了梁迟。他去了云南，去了内蒙古，去了西藏。在朝圣的路上，他黑了，瘦了，磕破了头。他在人人网上说："逝者如斯。逝者是什么呢？"没有人给他留言。"幸亏。"柳素贞对自己说。没有工作，没有学历，没车没房，耗尽了家里的钱。不成器的人，柳素贞早就料到了。那个时候做对了。她把胎儿制成了药酒，端端正正地摆在了梁家的门前。

项睿还是争出了一口气。虽是二本，却离一本线只差2分。柳素贞喜欢雨城。雨城有个雨大、氛围好、环境好、簇新的教学楼。她找了项自达，说了扩招的事。项自达跷起了二郎腿："怎么个说法？"柳素贞半跪了下来，手指一绕一绕的，足三里、涌泉穴、太溪穴、三阴交，项自达哼唧着，眯起了眼睛。柳素贞又给他剪脚指甲，大拇指、食指、中指、无名指。"300万呢？我的300万呢，怎么个说法？"柳素贞垂下眼帘，噼噼啪啪地，把他的手指甲也剪得圆润顺洁，又掐了几张面纸，把地上的指甲壳拾掇干净了。

项睿成了雨城科技大学的学生。什么年代了，文凭算什么。就说他项自达，没上过大学，不照样买了八套房子嘛。不过，毕竟是自家的女儿，项自达把升学宴办得阔阔气气的。大小的领导，落了个面熟。特地给项睿挑的酒红色真丝长裙，绰绰约约的，有几分柳素贞年轻时的模样。项睿被项自达领着，来回走着，说着面子上的话，一遍遍地举起酒杯，把那一道道光喝进去。

人活了半辈子，就有半辈子的见识。云官镇又落起了雨，落起了柳素贞见了半辈子的雨。后半辈子的雨和前半辈子的雨到底不同，越往后，越浑浊，越厚实。屋瓦上的、池子里的、鞋尖上的，凡是见着的，都是半旧的。

雨太多了，柳素贞叹气。罢了罢了，她起手收了窗帘，屋子里暗沉沉的。脱了罩着的毛衫，又脱了加棉的绒裤。床褥子都有些返潮了，湿润的天气，有着湿润的晕。细细密密的汗爬上了柳素贞的额头，闷昏昏的，望出去，一路的霁月橙红。瞧着，前面依稀走着谁。元宵又该到了，柳素贞想起了自己小时候。瞎阿婆会给她做小橘灯，暖和的，锦绣纱罗般的。想着想着，柳素贞觉着透不过气。这轿子也真是狭小，转不过弯儿。轿子外热闹着，却听不出是喜是丧。柳素贞掀开轿帘，还当是谁呢，数十个壮汉，把柳素贞抬着。柳素贞尖着嗓子问："Where are we going?（我们要去哪里？）"为首的那个，一身腱子肉，回头朝她坏笑着，牙齿顺亮，对她做一个下流的手势。

左右思索了一阵子，也道不出所以然。柳素贞开了电视，挨个挨个地看。北京欢迎你，地震过去了。北京欢迎你，奥运来了。奥运来了也好，满屏的外国人。黑的跑得快，白的跳得高，剩下一些和她类似的，转着个小黄球，不丢手。想想，自家的人，还是用手灵巧，跑来跑去，抢个皮球，一身臭汗，不如站着，挥挥手腕。多高贵，多大气。柳素贞被自己的念头逗乐了，起身，对着空气推挡了几回，又觉得自己的手起了皱，回房间拿了馥蕾诗的护手霜。法国的牌子，寻常的攀不上它的香。香是香了，又没个落处。柳素贞打开了橱子。先前和岳虹说了些话，出门都格外谨慎，怕手上的皮包刺了她的眼。岳虹心思紧致，只用布袋子，也不问问柳素贞，她的普拉达皮包又花了多少钱。罢了。法国的护手霜，得配法国的皮包。只是这橱子满满当当，堆着经年的力士肥皂。那边的家具供应商心黑，总是送些肥皂等东西。往日里，还有岳虹用着，现在一块一块地拿回家，板砖也不如。柳素贞又不乐意扔，扔了也要力气，放在家里，会添点儿人气。

说到人气，云官镇倒是矮了三分。镇上走着的，都是些老的小的。偶见几个青年，都是奔往游戏室的。老的多了，看不清她的包。小的多了，闻不见她的香。无福消受的人，总过着无福消受的日子。柳素贞走了一圈儿，到底无趣。兴致冷了一点儿，骨头都酥了起来。柳素贞抖落一身疙瘩，却觉着鼻尖一热，人哗地倒了。

混混沌沌，影影绰绰，眼前有了一点儿寥落的光。仔细瞧着，眼周蒙了黑布，隐约感觉出身旁有人。闻着味道，可能是三个壮汉，也许有四个。柳素贞的手脚被缚住了，越挣扎越是紧得慌。一道稀薄的光划过去，大致估摸着，可能是往北。往北是落风村。柳素贞寻思着，落风村可有熟人吗，带着她见谁去呢？再寻思寻思，她是认得个女人的，得过小儿麻痹症，腿脚不便，嘴巴有点儿歪。听人说，歪嘴女人后来又嫁了几次，受了刺激，脑子糊涂了。

琢磨着，车停了。柳素贞被两个壮汉架下了车。柳素贞自恃比常人高，到了此时，也只有悬着脚的份儿。深深浅浅了一阵，黑布前猛地一亮，又猛地一黑，柳素贞被扔了进去。砰砰的关门声，嗒嗒的脚步声，绕着柳素贞转了一圈儿，落下一只清冷的手，啪嗒解开了柳素贞眼前的黑布。

“是你？”

“姐姐，可正是我。”

“你要干什么？”

“姐姐，别害怕，我是专门来给你还钱的。”

“还钱？”

面前的女人乐了，用细长、白皙、无肉、葱管似的手，一把摘下了柳素贞头顶的月亮。“姐姐，你别担心，我不要你的钱，我还是你的芙蓉妹妹。”

“3021270元。”柳素贞直勾勾地望着尹芙蓉的眼睛，“1270元，零头别忘了。”

尹芙蓉愣了半晌，忽然掩着嘴，咯咯地笑个不停：“怎么会欠姐姐的呢？一分也不会落下。不过，妹妹可是有条件的。”

说着，尹芙蓉从随身的包里抽出一沓纯白的布，细细地剥开，一块淡紫色的木樨花枕巾套。

“这枕巾套，是姐姐和姐夫结婚时买的。姐姐说过，当时可花了将近700块大洋呢，贵得很。姐姐喜欢，想着清新，想着高贵，想着香气长留，也不知道是哪天，沾了点儿污渍，洗不干净了。姐姐觉得妹妹手巧，定能够唤出它的本真。这些年，妹妹可把它当宝贝了。可妹妹毕竟不如姐姐心细。现在，妹妹把此物还给姐姐，但求姐姐给它一份清白。”

尹芙蓉使了个眼色，一个壮汉剪开了柳素贞的绳结。淡紫色的木樨花枕巾套，比当年旧了不少。那年头，标了698块大洋，项自达的实力，可不是给人小觑的。698块大洋的东西，过了十几年，依然是698块大洋。当年转手给了尹芙蓉，可没算这笔金钱账。现在好了，用了，使了，她觉得旧了，又觍着脸还给我。她柳素贞从没干过这等落魄事。

“尹芙蓉，你的意思是？”

“也没什么意思。你把上面的污点儿舔干净了，不但能活着回去，过你的好日子，钱还不会少你的一分一厘。”

柳素贞望着手里的枕巾套，淡紫色，撒花纹，盈盈的银绉，都已泛了黄，只是这些金的银的木樨，依然伶俐，依然明晰，全无岁月的侵蚀。柳素贞望着望着，觉着这些木樨，分明是一个个戳人的窟窿，一扎一个落血，一扎一个准儿。那些旧日的斑、往昔的污渍，倒不觉得可怖，反之，还露着些昨日的怯，今日的喜，明日的剔透。柳素贞抬起头，周边立着四个蒙面的壮汉，这里是一个废旧的仓库。

柳素贞卷了枕巾套，一把塞进嘴里，大口大口地嚼着。

妹妹怎么可以和姐姐斗？最后还不是妹妹输了。妹妹走得袅娜，几个壮汉护着，光光影影，明明赫赫，流云般的白。她留下一张银行卡，对柳素贞说，欠她的，连本带息，一个子儿都不差。

银行里的人调皮，偏偏说只有250元。柳素贞又问了一遍。二百五，这分明是在骂她呢。

上辈子的恩怨了，拖到了现在。她柳素贞从不是计较之人。月儿是圆的，有时候这世上的路也是。从月走到日，只道自己少了两寸肉，还磨圆了新买的百丽皮鞋。世上的路，有时恰恰能跟着她的脚走，贴着她的心走，一走一个翾羽，一走一个光星子，一走一个蝴蝶飞满天。她的睿睿，总算听进了她的话，交了一个富二代男友。男友果真送了她一辆宝马。柳素贞特地赶了去雨城，亲手为睿睿挂了车牌。酒红色的，好一匹汗血宝马。将来要哭，也哭得阔气，哭得响亮。柳素贞叫项睿驾着汗血宝马，在雨城绕了一圈儿，市中心的金鹰、两侧的人民公园、大大小小的商业街。也是怕了岳虹，就在她住的小区，走了一个过场。项睿还送她来了车站。横横竖竖的，好几十个人瞅着。可有那么一瞬间，项睿驾着车离开时，柳素贞忽然觉得，睿睿开的不是宝马，她开的是她的心脏，一颗暗自流血的心脏。

许是岳虹瞧见了她们，知道她们如愿了，日子好了，紧跟着就来了电话，说是借钱。年底了，这账面无论如何都瞒不下去了。她知道自己错得离谱，此时他乡异地，也没什么人脉，没什么人情，不知柳素贞手头是否宽裕，给她笼络些钱，填补了这个亏空。柳素贞细声细语地和她叙说，这些年，云官镇的人都出去发展了，店面的生意本来就不好做。手里头有些股票期券，都栽进去了。心里多少不能痛快。就说她住的小洋楼，釉面砖的欧式卫生间，渗了水，她到今日还没舍得修。一来二去，她有帮人的心，也没有帮人的能力。电话那头的岳虹，啜起了鼻子："素贞呀，你是我唯一的指望，多少帮我问问，想一想法子。"

想一想法子？她岳虹当年想了多少法子，逃离了云官镇？余居易欠了钱，也是该。该还了雨城的人情，该还了云官镇的恩情。云官镇多好，米好，水好，人也好，打着灯笼找不着第二家。雨城是不错，人多，钱多，可房子呢？青菜萝卜都贵上了好几倍，也别怪她柳素贞当年没个提醒。要是岳虹肯留下来，和她做个伴儿，也不会落得如今这个境遇。说来说去，这个岳虹，大抵也没把她当体己看，等自己有了难，才念及她柳素贞。柳素贞从不是小气的人，但也不是好糊弄的人，白了眼来借她 50 万，她又不是痴子、傻子。罢了。柳素贞回旋了身子，调低了电热毯毯温，盖上了新买的羊驼绒被。到了冬日，云官镇的夜着实冷，湿涸涸的冷，黑凛凛的冷。她岳虹也在外头享了这么多年福，人没了情义，自然福报有了尽头。柳素贞想起了卡里的 250 元。有些东西，是自己的，就是自己的，不是自己的，得了手也得撒开。

过了些凉热，自达家具城又起了热闹。外头打工的都回来过年了，而有些外地人还赶来买房，说云官镇米好、水好，到底是千年古镇，将来就在这儿养生养老。买房的人多了，家具生意自然好起来了。出了云官学校的校门，柳素贞会走来看店。一路上，红的袄子、绿的丝巾，一派派灼人的热闹。柳素贞把抽屉里的算盘丢在了家具城。小的交易、大的生意，噼噼啪啪，心里头暖和得很。往新年过了，柳素贞备了些茶点、水果，扑撒撒地摞成一个小丘。手探进去，凹了一个窟窿。镇上有头有脸的人，都用起了朋友圈。说到手机，可不能少了柳素贞手里的苹果四代，项睿给她买的。她这丫头，花头多着呢，可爱要说卖萌，说话要说吐槽，难过了要说悲催，开心了都是 hold 住，在 KTV 点歌都是神神道道的《忐忑》，柳素贞可是一个字都听不清。

苹果四代响了几声，柳素贞也没听清。这边的人商量着藤椅，那边的人看着真皮沙发。等左左右右、上上下下地忙完了，柳素贞才瞧见，屏幕上有了一串号码，像是雨城的号码。柳素贞也纳了闷儿，难不成岳虹变着法子骚扰她？还未权衡半会儿，这个号又打来了，是雨城的公安局。她的项睿，她的宝贝，昨夜在 KTV 宿醉，开着一辆酒红色的宝马，把雨城的护城河砸出了老大一个窟窿。

捞出来的项睿，比以前胖了两圈儿。鼻子不是鼻子，眼睛不是眼睛。柳素贞想伸手摸，却觉得冷，觉得潮。这不是她的项睿，这是另外一个人。项睿也许还在学校上学，还在煎饼摊旁抢煎饼，吃了两口糖，还省给她吃。要是她还在和那个叫梁迟的小伙子谈恋爱，她也是不会阻止的。说不定他们谈成了呢，说不定结婚了呢，生了个胖儿子，丫头也可以，叫啥呢？不能姓项，姓柳最好，要是梁迟坚持他的姓，她也不会反对。这个小丫头，就像项睿小时候一样可爱，她要好好带小丫头，惯她，爱吃什么买什么，但不能让她打游戏，她要是早恋了，项睿要打她，她柳素贞就去打项睿。小丫头长大了，漂亮了，带回一个小伙子，长啥样她都喜欢，要什么宝马车？项睿这东西死都不肯的话，她就给小丫头钱，让他们私奔，走到天涯海角，别回来看项睿！说不定她还能看到小丫头大学毕业，找到好工作，再给她生一个漂漂亮亮的小小丫头……

这个淹死的胖姑娘，到底成了一抔骨灰。柳素贞请来了哭丧的、做法事的、敲音乐的，热热闹闹的。这个项自达哭啥？又不是他姑娘，从小都没抱过一回。柳素贞抽出几沓红票子，给了几个哭得响的，剩下的给做法事的和尚分了。夜深了，明天还要收花圈呢。把小洋楼的院子扫扫，该扔的扔了吧。

像一场梦一样。这些天，柳素贞一闭眼，就是千个百个项睿，睁着大大的眼睛，眼睛里满是烁白的灯。她伸出手，想去触摸她们，她们却一个劲儿地往窟窿里掉。无数无数的冰窟窿，无数无数的项睿，无数无数的荧光。瞎阿婆说过的，人的念、人的痴、人的泪、人的嗔，会在他死后的某个时候，重新在天地间出现，那是这个世界只属于他的一瞬。人活着，不是就为了这么一瞬间嘛。人的短短几十年，对于千万年的河海来说，何尝不是一瞬间呢。既然只有一瞬间，你们又何必来到，既然只有一瞬间，你们又何必离开。有大的海，也有小的海。你们浮沉在自身的海里，又何尝不是一种永恒呢。柳素贞望着千个百个项睿，她可算明白了，项睿是掉进她柳素贞的窟窿里了。等她在里面待久了，待腻了，环环燕燕地爬出来，又到了嫁人的年纪了。这回得听她自己的。喜欢玛莎拉蒂，咱们就去买玛莎拉蒂。喜欢甲壳虫，咱们就去买甲壳虫。宝马算什么，她柳素贞又不是买不起。

家里头少了一个人，少了些惦念，少了些记挂。往夏日里过了，柳素贞却觉得愈发寒冷。倦了，躺在床上靠一靠，枕巾都透着料峭。起身，坐在窗台前，算盘像冰锛子。在厨房做两道菜，刚被焐热了，饭一入嘴，又觉得透心凉。到了釉面砖的欧式卫生间里，想洗个热水澡，却总觉着镜子里有千百个冷眼。罢了，都过不下去了。柳素贞想说几句话，又怕惹上岳虹。想着自己也是有家室的人，项自达又不知住在哪套房子里。这些年，也动过念头，去领养一个孩子吧。项自达死活不肯。多一个人，不单单是多了一口饭，将来分财产，可是几套房子的事。

柳素贞时常帮着项自达看店。谈谈价钱也好，谈谈工艺也好，多少有了头绪，有了照应。只要店里没了人，柳素贞就感到眩晕。地上千百个窟窿，稍不留神，柳素贞就坠了下去。偶尔，店里头会来些老太婆，老太婆带着自己的孙子，柳素贞欢喜着呢，茶点、水果一个不少。老太婆们都说柳素贞人好。柳素贞也不接话，只是看着这个男孩，又看着那个，每个都觉得面熟。像谁呢？像项自达。肯定是项自达和哪个妹妹偷着生的。

又怀着满心的喜，柳素贞把八套房子敲了个遍。见着了项自达，柳素贞扑通跪了下来。哭着哭着，柳素贞抱住了项自达的腿："我也不是蠢女人，你把孩子领回来吧。我只是想让他们认祖归宗，我怎么能让你就此断了香火呢。"

外头都说柳素贞疯了。哪里到疯过去的时候了？也不看看日子。

外头还说，安徽人手里有货。女孩儿一万二，男孩儿两万。

天底下到底有不识货的人。她的项俊杰，怎么只值两万？笑话了笑话了。从银行提了钱，揣在了普拉达的皮包里，想着，又裹了个布袋子。云官镇新开了两家棋牌室，又多了大小数个游戏厅，街道上见不着几个活人儿。听说安徽那边的人在码头守着。哪个码头？那个读诗的码头。读诗，读哪首诗呢？青春是一本太仓促的书。谁在读呢？岳虹。岳虹读诗，柳素贞看云。白的云、长的云、涌来涌去的云。码头的水涨上来，又落下去。如今，该来的到底来了。来者何人呢？不过是草，是刃，是世间纷纷洒洒的齑粉。

码头一片草木深深。水泥板碎了，淤泥堆积在水泥板下，水草毫无羞耻地爬了上来。前些年风光的乌篷船，长满了深深浅浅的野草。人们似乎把码头忘了。想必，安徽人也把这里忘了。柳素贞拨开野草，在水泥板上坐了会儿，想起自己写的诗："我跑，我跳，我在人群中放下屠刀。一个人的时候，净衣，祈祷，在早已粉碎的心里种下密密麻麻的青草。"这首诗，不算坏。天边朵朵的白云，向着她跑来了。跑累了，又成了她脚底下的烂泥。柳素贞拍拍身后的碎草，起身走了。水泥板上，两排纤细的脚印。

窸窸窣窣的，身后的乌篷船有了声响。柳素贞停下了脚步，侧着耳听着。一个蓬头垢面的女人蹿了出来，腿歪着，嘴巴也歪着，柳素贞笑着，她也笑着。她捧着满手的婆婆草，一瘸一拐地朝柳素贞走来："看，我要开花了。"

歪嘴女人也是有福之人。柳素贞派人收拾了残联旁边的储物间，架了几根木板，铺了些旧褥子，勉强算了张床。又找来一个痰盂缸，洗净了，还帮她办了一张食堂的卡，若是落了雨，不方便，食堂阿姨会带饭给她。他们都说，柳素贞有颗善心的。

择了个明丽的周末，柳素贞在残联屋里欣欣然坐着。窗外茵茵的绿，绿到了柳素贞的脚下。多少年了，也没个正眼，把这宜人的春日细细地观赏。河水解冻了，鸟雀也飞上了天空，满地满坡的春花，都往狠处、往深处开着。风盎然着，云也翘首以待。吉祥正在来的路上，听，他在敲门呢。

一声咚，又一声咚。像个不知羞的锣鼓似的，每一击，都那么恰到好处。

柳素贞开了门，斜斜地倚在门框上，盈盈地笑着，风来，鬓角舞成了蛇芯子："吉祥，今日你大喜了。"

吉祥睁圆了眼睛。这傻子，可真是白长了一对耳朵。

我说："吉祥，尹芙蓉还给你啦。"

"老婆……我的芙蓉。"

柳素贞扑哧笑出了声，左手扶着门框，右手在半空中拍打着，脸上绯红了一大块，嘴唇也扑哧扑哧翻着。笑了有那么一会儿，她伸手，给了吉祥一个小巴掌，反手又擒住了吉祥的腰，上下打量了一会儿，又憋不住满口的笑，两手胡乱塞着堵着，把吉祥送进了屋子里，啪的一声，柳素贞紧紧地锁住了门。这门也逗笑得很，长着深深浅浅的纹路，这道儿像男女的厮磨，那道儿像上下的交缠，好不羞涩。

屋子里响了会儿，又安静了，又响了会儿，随之是悠长而静谧的暮春。你说歪嘴女人可是好福气？在世上没了亲，没了落处，又欢欢喜喜地做起了新娘子。

来来去去，新娘子也旧了。歪嘴女人白了几分，梳好了头发，扎起细致的髻，缀上一朵金边儿的花，衬着她逐渐圆润的脸盘子，还真是别有一番韵味。柳素贞笑开了眼，从医院里讨来了专用的验孕棒，一测，果然中了喜。柳素贞又派人收拾了宽敞点儿的杂物房，亮亮堂堂地，摆了桌子，又买了几个凳子，墙壁上凿了个洞，供着一尊慈眉善目的观音菩萨。陆陆续续地，柳素贞又买了红色的蚊帐，买了些成对的碗盆，买了两台风扇，还买了台二手电视机，多少有些过日子的样子了。来的路上，柳素贞又买了桂圆、红枣、阿胶、银耳、枸杞，红红绿绿的，装满了手。手满了，心也溢出了眉眼，细弯弯地笑着，甜津津地走着，见到她的人，都说柳主席中了500万。

天刚热的那会儿，柳素贞总带着女人去澡堂。5块钱交过去，蒙蒙的水雾中，柳素贞仔仔细细地看着。澡堂里的人都说，肚皮圆，是男孩儿，肚皮尖，是女孩儿。瞧着女人圆圆滚滚的肚子，柳素贞笑弯了嘴。女人身上有搓不尽的污垢，柳素贞也不嫌弃，吃得多，屙得多，养分才足。搓到了肚子，柳素贞低下头，凑过去，砰砰拍两声，起身时，长长舒了一口气。

医生说："是男孩儿，带把子的。"柳素贞的喜，自不必说。算算辈分，也是侄孙了。活着又何尝不是一种奇迹呢。

到了屋子里，柳素贞洗净了煮锅，起起落落地，放了些冰糖、莲子、银耳。屋内昏热，电扇也不济事。女人躁动着，来回走着。走着走着，歪歪扭扭地跑了起来，跳了起来，如箩的肚子，上下跃着。柳素贞放下了汤勺，找来了绳子，好容易把她捆住了。

“你做什么呢？”

“我要开花，我要晒太阳，这里太黑了。”

“你听我的，你不仅开了花，马上都要结果了。”

“不，你放我出去。”

柳素贞的脸色唰地一变，落手，死死地捏住了女人的嘴。女人的嘴本就是歪的，被柳素贞一捏，歪得更加厉害。女人红了眼睛，鼓着嗓子发声，似乎在说“疼”。柳素贞并没有放手，反而加大了气力。一小束阳光照进了屋子，细细密密地往房顶爬着。往三伏天过了，衣领子贴着耳朵，捂出了满颊的汗。柳素贞依然没有放手。人的嘴就是一个窟窿，女人的嘴是一个不规则的窟窿。现在，柳素贞要把它捏成一个圆，一个有弧度、有念想的窟窿。女人翻起了眼白。柳素贞用另一只手拿起汤碗，对准这个窟窿，起手灌了进去。女人呛出了眼泪，胸腔起伏着，手捂着肚子，嘴里含含混混的，似是喊疼。柳素贞终于停了手。

“有多疼？”

女人咳了好一会儿，眼角沁着泪，望向柳素贞。

“我问你有多疼？”

嗯嗯啊啊的，女人没有说出所以然。还有半碗莲子银耳汤。柳素贞站了一会儿，等汤祛了热，悬起手腕，把半碗的莲子、半碗的银耳，一分不差地倒在了女人的头上。人人生而有命。她的项睿，如此可人，如此乖巧，却活不过一个残疾的疯女人。还有，她的俊杰，她肚子里的俊杰，还没有睁开眼，就被医生判了死刑。人活着，真的是活着吗？既然我们活着，为什么人群里有乞丐，乞丐里有骗子，骗子里有拐卖儿，而这些拐卖儿，又是多少母亲的俊杰？窟窿，这个世界布满了窟窿。人的念、人的痴、人的泪、人的嗔，等人死了，又能有多少说法呢？人活着，本就不是人自个儿的意思。母亲带我们来了，我们又背着母亲活下去。这般活着，又能有多少意义呢？不就是又生出一个人，一个接着一个，接受生的罪、死的苦。即便是这样，能尽情活一场，也不算白来。可为什么，她的睿睿，她的俊杰，连这等福分都要被剥夺了呢？世间，就剩了她空空一个人，空空地活下去，还要活得金贵，活得雍容，活得富丽，活得春花十里，活得亘古无风。

汤水顺着女人的脸流下来，晶莹的、惨白的，居然把她衬出了几分娇艳。

“姑娘，你是个好人。”女人对着柳素贞说。

那个满口素贞好的岳虹，又发来了微信视频。余居易被取保候审了，她却哭哭啼啼的。柳素贞问她怎么了，难不成少算了10万。岳虹说，是余叶子的事。余居易出事后，余叶子的成绩一落千丈，去年高考，只考上了雨大。入了大学门，也不好好念书，四门核心课，挂了三门。本想哄着让她把书念完，但近日里，雨大的论坛上传着一个视频，男的是外院的教授，女的居然是余叶子。

“素贞呀，我这回只有你了。”

岳虹垂着满脸的泪，柳素贞看着。她想到了水光沫子的翡翠，还有冰冷锋锐的手术刀。岳虹生孩子那会儿，她也去看望过，也是满脸的泪。不同的是，岳虹是顺产的，一口刀都没挨着。

“素贞呀，你说说话。”

柳素贞冷笑一声：“岳虹，你也真是没头脑。就凭余叶子这样的，要胸没有，脸也好看不到哪里去，凭什么滚到人家教授床上去？真是不要脸。她多少有点儿余居易的脑子，攀上了教授，指不定哪天扶了正，再不济，还能保研。你岳虹，就等着享福吧。”

岳虹收起了她的眼泪，瞪圆了眼白，望着这头的柳素贞。

都是自找的，谁都是自找的。柳素贞也望着那头的岳虹。

面前的一幕，想来还是不够真切。柳素贞知道，她确确实实地知道，她和岳虹之间，也有一个窟窿。在世间，有了窟窿，才会有大海。她和岳虹隔着深深的海。岳虹朝她喊着什么，她听不见。她想见见岳虹的模样，而望见的只有无边的海浪。在她们年轻时，都喜欢去码头。岳虹读诗，柳素贞看云。人生是一本太仓促的书。柳素贞依然在码头，岳虹到了岸那边。她们曾经在水上画下一座房屋，说将来她们会一起住在那里。可那样的水，又到了哪样的窟窿里了呢？

柳素贞起身，走到了厨房，点了煤气，把本子扔了进去。白绿的色彩，一点儿一点儿泛红、发黑，蜷曲成小小的卷儿。天又暗成了幽深的峡谷，月亮细细地吞吐着云朵，星子发着惨烈的光。小洋楼又没了精神，莫名的声响，突如其来的伤悲。柳素贞打开了所有的灯，所有的灯只照着她的一个影子。罢了，柳素贞沃沃地靠在枕头上，光盛而丰美。

她从床头柜抽出了一支钢笔，派克牌的，这么多年过去了，依旧崭新、锃亮。听人说，尧医生的诊所开到市里去了。那么多的嘴，那么多的窟窿，可苦了他了。她笑了起来。她似乎回到了婚礼的那一天，一件件地脱下马甲、雪纺裙、衬裤、乳罩、真丝内裤，把拇指伸到里头，温热的、潮湿的。那又是怎样一番光景呢？她鼻头酸得厉害，啜着啜着，褪去内裤，举起雪亮的派克笔，狠狠地插进自己的窟窿。

那个窟窿里的小俊杰，如期地爬来了。云官镇的冬日，着实冷得厉害，湿涸涸的冷，黑凛凛的冷。柳素贞却满溢着欢喜，整个人都热腾腾的。她把小俊杰裹了一层又一层，静静地听他哭，听不够，还录了下来。入了夜，还一遍遍放来听。睡醒了，衣衫还未整齐，就直奔小俊杰的房间，逗弄他："喊妈妈，我是你的妈妈，你是我的俊杰。"

一个爽朗的早晨，柳素贞翻出了那件衣服，当年她从裁缝店里短下来的布料，小叮当的，白底蓝胖子，俊杰穿起来，定是可爱得很。做衣服的时候，一个不留神，针戳破了食指，她在衣服胸口处按了一颗爱心。爱心成了暗红色，看来像一颗复活的心脏。柳素贞给小俊杰穿上了。

屋外，清丽的天，缀着几只鸟。柳素贞紧紧地抱着小俊杰，奔着云朵的方向。真是个好日子。吉婆，你也如愿了。

丹红色的帷幔，烧金的字。如今，小小的禅庙边，堆积着长满青苔的建筑材料。柳素贞说过的，她前世就是庙里的和尚，见着了木鱼袈裟，还心生亲切。这里的和尚，她都是面熟的。六指和尚，想必也有过照面。他们的缘分，可是从前世里算起的。抱着小俊杰，柳素贞在菩提树下站了许久。六指和尚过来了，用第六根指头指着菩提树："不是开花了吗？"柳素贞抬起头，看到一朵小小的、淡绿色的花。

"和尚，你给孩子起个新名字吧。"

攥着六指和尚给的信封，柳素贞慢腾腾地往回走着。忽然，怀里的小俊杰睁开了眼睛，朝她笑了，柳素贞想到了什么，回头，对着六指和尚的背影说着："师父，我也曾是个善良的人。我本着心、贴着心帮过不少人，东头的老顾，到如今还领着低保金呢。小学里几个留守儿童，都认我做干妈了。我还做了残联副主席。我也有向佛的心，只是不知怎的，半道里入了岔口。可是，我手里满着的，就剩下了俊杰。”

几只鸟飞上天空。寺庙的洪钟响起，咚，咚，咚。一声菩提，一声空。

众生本良善，时遇不多亏。六指和尚转过身，把六指又藏到了袖子里。

天明了，又暗了，外头下着雨。淅淅沥沥的雨，星星点点的雨。石桥上闪着暗淡的光，桥下的河水又稠了几分。树叶子也肥了，翠莹莹，喜甸甸，摇摇地朝他们招着手。小俊杰胸口的心印，红亮了些，倒有了几分圆润活泼。涔涔的雨落在柳素贞的发上，柳素贞感到了多汁的甘甜。她指着落下的雨滴，逗弄着小俊杰：“看，这一滴是好雨，这一滴是坏雨。好雨，坏雨，好雨，坏雨……来，给你尝一口，你说是好是坏？”说着，柳素贞用食指接了一滴雨。

小俊杰咯咯笑着，一口咬实了柳素贞的食指，紧紧地、细细地、丝丝地用他的虎牙碾磨着，撕咬着，怎么也不松口。疼痛之中，柳素贞感到前所未有的踏实：“好，真不错。”

熊一样的我消失了

“爸爸去哪了？爸爸去哪了？”那只叫“熊二”的灰鹦鹉在屋内边盘旋着，边喊着。

“爸爸被光头强抓走了。”周矛矛头也没抬。熊二是她养的，而她自己是熊大。

熊二转了一圈儿，在桌上落了几滴鸟屎，它停下来，头左右一甩，鸟屎被甩到了周矛矛手上：“你，你去救他。”

周矛矛也甩了甩手，白萝卜般的五指扼住了熊二的脖子：“酱烧还是穿了烤？”

说到烧和烤，周矛矛颇有自己的心得。来肯尼亚内罗毕大学孔子学院大半年了，她是靠自己的双手活下去的。当然，也有做伴的。在宿舍里，大家轮流坐庄，这周他坐，下周她坐。东北姑娘阿克苏，最拿手的是饺子。厦门小伙儿维特，擅长海鲜烹饪。周矛矛比较洋气，买了一个国产的烤箱，隔三岔五地做比萨、焗饭，甜品她也会做。有了美食，就该有美酒。周矛矛爱椰子酒，把黑人们用的椰子的花芽剖开，倒置，发酵酿酒。时常，喝着喝着，三个人就谈到了非洲大裂谷。阿克苏想给狮子们跳一段钢管舞，维特想爬上长颈鹿的脖子深情对吻，周矛矛想和火烈鸟一起喝一杯。

这个熊二，吃了火烈鸟的醋，时不时抛来一颗鸟屎。有时毁了一锅海鲜汤，有时差点儿被他们当作蛋糕上的巧克力豆。周矛矛不止一次说，把它拔了毛烤了。可烤来烤去，熊二熟不了。不就一颗鸟屎嘛，周矛矛咽了口口水。

“总要付出点儿代价的。”在比萨里发现两颗鸟屎后，周矛矛对自己说。

周矛矛在菜场觅了三遍，找来了两颗洋葱。然后，她又去了超市。肯尼亚榴梿很少，但她还是买了半斤果肉。回到宿舍，她用搅拌机把榴梿打烂了，拌在鸟食里，又把洋葱榨成汁，注入水盆里。做完了这一切，她捉住了在窗台发愣的熊二，塞进笼子里，三天不准出入。

“救命！救命！”熊二大喊着，扒着鸟笼子。

周矛矛笑了。

“不吃屎！不吃屎！”熊二用鸟喙啄着笼子。

周矛矛笑得直不起腰。

“爸爸，爸爸去哪了？”熊二突然安静下来，望着周矛矛。

周矛矛也安静了下来。

周矛矛喜欢榴梿，也喜欢杧果。来孔子学院大半年，周矛矛吃了大半年的杧果。不够，还是不够。但周矛矛又增了一个轮廓，四舍五入，也算160斤吧。那又如何？小小的眼，满月似的面盘，厚实的唇，把眉修一修，细细地画上两道，抿一抿莓子红的唇釉，到了黑学生群里，倒也俏润得可爱。这帮黑学生尊奉她为女神老师，他们就喜欢高的、胖的、白的。

近来，黑学生少了。一问，肯尼亚总统大选快到了。这次是八个政党相互竞争，其中几个提出了武力威胁。周矛矛知道，这意味着可能会死人。

周矛矛点了一份炸鸡、一杯可乐。这家快餐店是他们的接头地。

阿克苏捧着两本厚实的《经济学论》坐了下来。

“到这个点了，你还有心思看书？”

“活了反正都要死。”阿克苏翻着眼白，把书摊开。

“这东西你看得懂吗？”

阿克苏扑哧笑了：“矛矛，你要是看到比死还难过的东西，你就不会怕了。”

周矛矛伸出头，瞅了半天，又撇过头：“我还是怕，我妈怎么办？”

“妈妈……”阿克苏眯起了眼睛，似乎陷入了遥远的回忆，“就算我死了，她也不会送我一分钱。”

周矛矛抚摸着阿克苏的肩膀：“你真打算留在这儿？”

阿克苏搂住了周矛矛，把头埋进周矛矛的头发里，蹭了蹭：“矛矛，你想什么呢。我不回国，也没打算死在这儿呀。院里头的那个秦老师，在这儿混了五六年了，人脉广。内罗毕的几个土豪都答应了，等到了危急关头，随便往哪个庄园一躲，鬼能找到他。我呢，打算跟在他屁股后面。你情我愿的事。”

周矛矛反手抱着了阿克苏：“我会想你的。”

“别那么矫情了。”阿克苏的喉咙沙哑，“你要是想我，现在就请我吃冰激凌。”

“想不请你也难。”周矛矛眼角湿润了，谁让冰激凌买一送一呢。

一人一张回程票，这是志愿者协定里谈好的。孔子学院院长却说：“协定上只写了一年期满，按时送志愿者回国，遇到这个情况，你们非但没有回程票，而且一旦回国，就是违约。”

那天，熊二也睡着了。周矛矛坐在窗台前，握着一瓶椰子酒。天上的星星，要天上的人住着。天上的人，是白的、黑的，还是黄的呢？也许是五彩的。周矛矛笑了起来，椰子酒有点儿涩口。那颗星星，那么大，一定很沉吧？肯定比周矛矛重。比她重就好。要是天上的星星都比她轻，那活着有什么意思。记得在国内上学时，大家都叫她“大熊”，她不喜欢。“熊大”好一点儿，还多了些可爱。是啊，熊只能用“可爱”形容，没有人觉得一头熊是美丽的。那时，她经常躲在教室后面。她想消失，像一头熊一样消失。小时候，她读过《小王子》，诗意的消失是不知所终。长大了，她读过有关马航 370 的报道，残忍的消失也是不知所终。

他们都在云里，他们都化成了云。化作云，人就会开心吗？灵魂就是一朵云吗？年少的她一无所知。

酒意绵，人微醺，周矛矛靠着窗台睡了一觉。一个不留神，她又醒了过来。她觉得她空了。怎么空，像天一样空，像海一样空，也像一群白蚁，爬上杧果树，先是脚，然后是腿、肚子、胳膊，最后蛀空了她的额头。这样的我，周矛矛捂着自己的脸蛋儿，还有160斤吗？没有人回答。这些年，她往自己的身体里塞了不少东西，蛋糕、炸鸡、比萨、饺子、海鲜、可乐、冰激凌。而此刻，它们都消失了。消失在云里了吗？不，消失在无痕的昨日，消失在缥缈的未来。和它们一起消失的，还有他者的佑护、自我的畏葸，某些废墟轰然倒塌。她吸起了鼻子，一下，两下，似乎只要使劲地呼吸，她就有了整个非洲的重量。

周矛矛起身，打开鸟笼子，倒掉了洋葱水，扔掉了榴梿肉，换了干净的水食。熊二瘦了一些，时不时歪斜着头，左一啄右一点。周矛矛去厨房煮了鸡蛋，蛋白自己吃了，蛋黄碾成碎末，掺杂在鸟食里。做完了这一切，周矛矛还是止不住鼻酸。一个觉的工夫，她想她的熊二，她想她的妈妈，她也想那些陪伴她的人。

周矛矛去了隔壁宿舍。阿克苏随黑人学生出去打猎了，剩下的维特，正在镜子前抹粉。

“矛矛姐，我的额头吃妆，鼻子上有点儿卡粉。求推荐好的粉底液。”

周矛矛从包里拿出一个粉饼，给了他：“维特，你想回去吗？”“回去？”维特在脸上点着粉饼，“回哪儿去？”

“你不会也想留下吧？”周矛矛又从抽屉里拿出化妆刷，在维特脸上轻轻扫着。

“你说回国啊。”维特转过头，啪啪啪地拍打脸颊，“回了国，我还能喜欢谁呢。”

周矛矛叹了一口气，坐在了维特的边上。两人沉默着，只有维特画眉时的窸窣声。有那么一瞬间，周矛矛感到了充盈，仿佛空着的身体有了羁绊。就留在此刻吧。周矛矛放下肩膀，放松脊柱，圆圆的肚子鼓了起来。维特描起了嘴唇，抿了抿，又用纸巾擦了擦。窗外落起了小雨。再过大半个月，或许枪弹就落下来了。周矛矛用手托着维特的下巴，给他修了修鼻影：“这样就好看了。”维特朝她嘿嘿笑了起来。周矛矛也笑了，她看着维特黑色的瞳孔，原来死亡是一颗金黄的杧果。

“你怕死吗？”周矛矛给维特拍着腮红。

“你说什么？”维特涂了周矛矛莓子红的唇釉，上嘴唇碾磨着下嘴唇。

“我说，”周矛矛捧着维特的脸，细细密密地笑了起来，“我说我们去非洲大裂谷吧。”

周矛矛说，每年到了这个季节，国家公园里都会有成群的火烈鸟来迁徙、休憩，长颈鹿出现的频率也高，狮子们也会出来消暑猎食。阿克苏准备了一双黑色吊带袜。维特反复漱口，包里裹着两盒口香糖。

“我们怎么能给人类丢脸呢”，这是他们三人小团队的口号。阿克苏托了几个认识的黑人，找了一家旅游公司，包了一辆面包车。这家价钱不高，还有国家公园的专线，走的也是大裂谷的山道。三人平摊了费用，又准备了些压缩饼干、纯净水。周矛矛还带了半打椰子酒，万一火烈鸟不够喝呢，怎么能给人类丢脸呢。

正要关门，熊二跳将出来，用脚趾反复撕扯着铁丝。

“乖，就一天。”周矛矛拿了一个闲置的咖啡杯，加满了鸟食，打开笼子，送进去。

熊二一口咬住了周矛矛的手，疼得她嗷嗷叫。

“放开，放开！”周矛矛甩着手。

熊二松了口，在笼子里上下翻腾着。

“做什么！想被烤着吃啊？”周矛矛咬着嘴唇，啪地放下了鸟笼门。

熊二站着，微微歪着头，蓬松的、黑灰色的羽毛，倏地敛住了，红色的尾羽垂了下来，黄黑相间的眼直直地注视着周矛矛。周矛矛扭过头，哗地打开宿舍门。

门快要合上时，周矛矛的身后传来那该死的鹦鹉的话：“爸爸去哪了？我知道，我知道！”

一开始，熊二还有些腼腆，不说话，似乎是晕车。也好，周矛矛想，紧紧地拽着熊二脚上的鸟线。熊二抓着周矛矛的肩膀，摇晃起来。道路平坦，两旁缀着无数的棕榈树、橡胶树，时而越过一个个香蕉园。维特说，他看见香蕉叶下有一群猴子。周矛矛说，她怎么看不见。阿克苏瞥了他俩一眼说，猴子喜欢维特，把红屁股都亮给他看了。维特不高兴了，说你们欺负人。三个人笑着闹着，熊二也睁开了眼，大叫着：“屁股，红屁股！”三人笑得更欢了。

天上涌起白色、灰色的云。

云朵越来越大，远的像鱼肚子，近的像棉垛子。小面包车里满是划痕，磕一下，横的都直了；碰一下，正的又歪了。三人渐渐有些疲倦。维特捧着一个塑料袋，说什么也不能吐在车上，遭她们笑话。太阳直射着车顶，周矛矛感到了闷热，开大了车窗。熊二从她的左肩挪到了右肩，对着风张开翅膀，张大嘴巴。阿克苏戴起了耳机。周矛矛听得见，都是欧美摇滚乐。熊二停止了乱舞，也屏住呼吸听着。听着听着，它也抖动起身体，一二一，二二三，嘴里还胡乱地喊着些单词。连着听，熊二还有点儿音乐细胞。

司机一只胳膊悬在窗沿，手指头夹着烟，一只手拨弄着方向盘。周矛矛脱下了防晒衣，一前一后地鼓张着衣领子。司机回头，对她吹起了口哨。周矛矛瞪了他一眼，他转过头，盯着后视镜，讲着些黄色段子。周矛矛问他："还有多远？""别急，"司机吸了一口烟，"六七个小时总是有的。"

又是一阵颠簸。维特吐了出来，车厢里弥漫着难闻的味道，熊二拍打着翅膀："不吃屎！不吃屎！"往山上走了，云朵之间的间隙逐渐加大，赤裸的阳光烹煮着面包车。维特又干呕了一阵，汗水顺着他的脸颊掉了下来。周矛矛的背后也湿透了。熊二扑棱着翅膀，找了一处阴凉地，学着维特干呕起来。阿克苏打开了顶窗，半个身子探了出去，狂风在她的身上猎猎作响，阳光把她镀成了铜像，她毫不在意。车上面扭着，车下面扭着，阿克苏仰着头，对着天空吼着没人听得懂的音乐，半会儿，她举起双臂："安息吧，阿门！"

维特吐干了胆汁，斜靠着座椅，闭起了眼睛。周矛矛伸出手，撑开后背与 T 恤的间隔，稍稍有了些清凉，风一来，又黏糊糊地粘在了一起。她也闭上眼睛，努力使自己平静下来。蛇形公路上，风一会儿在左，阳光一会儿在右，面包车开得飞快，常常这会儿觉得完了，得救之后，那会儿又觉得死定了。周矛矛捂着胸口，把世界上的神请了一遍。

一个猛刹车，周矛矛睁开眼睛，以为到了天堂。在天堂，她第一眼看见的是一棵树，一棵粗壮的、奇异的树。粗粗的身子，粗粗的胳膊，头上长着小小的、扇形的绿色毛发。她感到了熟悉。她轻轻地念着它的名字："猴面包树。"在《小王子》里，猴面包树差点儿吃掉了小王子的星球。可从小到大，她都觉得这个名词是如此美好，美好得像一朵绿的云、胖的云、绵绵不绝的云。猴面包树，猴面包树，你把我也吃掉吧。此刻，她觉得死亡也是如此美好。她看见了一切。

终于到了。他们下了面包车，坐上了国家公园的游览车。空气中飘来新鲜草木的香。路两旁，几只鹿、几头犀牛，远远的那处，似乎还有一群灰色的小象。一片连绵起伏的金合欢树，一群野猪在树之间撒欢。一只小花豹蹿了进来，野猪们四散逃去。

某一株金合欢树下，一只身材颀长的长颈鹿伸出红色的舌头，卷起了几朵合欢花送进嘴里，满足地嚼着。“这边，这边！”维特喊叫起来，长颈鹿似乎听见了，停止了咀嚼，咧开嘴巴，用红舌头上下舔着黄色的牙齿。维特不顾阻拦，打开了车窗，朝窗外伸出脖子，噘起了嘴巴。熊二嘎嘎叫，似乎在笑。在司机的呵斥下，维特不舍地关上了窗户。周矛矛凑过去，问他得手了没。维特嘿嘿一笑，冰凉的、湿乎乎的，还有合欢花的香味。

来呀，来呀！阿克苏走到了游览车的前头。来呀，她拍着屁股，脱下了裤子。来呀，她拍着胸脯，脱下了 T 恤。

来呀，她伸直了腿，脱下了鞋袜。来呀，她摇晃着脑袋，褪去了发圈。这下，她只剩了一套内衣。整辆车的人看着她，她毫不在意。她靠着车头的扶手杆，把胸凸出去，把臀部撅起来，腰肢弯弯绕，扭过去，扭过来，随着一声尖叫，她整个人悬在了扶手杆上，双腿夹着，手扶着臀部，胸部一前一后地颤动着，胸腔里发出了呼哧呼哧的喘息。黑色的头发，黄色的身体，都构成了她 S 形的身姿。车内响起了窸窸窣窣声，男人们吹着口哨，女人们散发着不满。周矛矛看着窗外的狮子，为阿克苏感到了释怀。她像是从海里走上来了，退化鱼尾，长出四肢，直立行走，成为一个真正的、完整的人。

游览车到了火烈鸟出没的河域，只能在下游看，每辆车停留 15 分钟。车上的人们都安静了，游览车也熄灭了引擎。在这样短促的寂静里，一大簇粉红色的云飘了下来。是粉红色吗？也许是朱红、橙红、山茱萸红。粉云周围长满了柔柔的绒，像初生婴儿的面容。云朵飘摇着，碰撞着，像宇宙的星云一般无声地爆炸着。“是的。”周矛矛对自己说，“小王子乘着的那朵云，一定是粉红色的。书上都错了。圣埃克苏佩里消失的那朵云，一定也是粉红色的。他终于离开地球了，他回到了他应该存在的地方。那里没有悔过，没有怨怼，也没有长而不绝的恨意。”周矛矛伸出了手。车窗是封闭的，可她的手穿过了它，穿过绵远的距离，触摸到了那朵粉红色的云。像一场梦，像一场渴求已久的梦，没有声息，没有形状，却永远存在于每个人的身体里。他们都应该空着，空着身体里的某个部分，恰是这份难得的空缺，才能抵达完满。周矛矛眼角濡湿起来。她的眼睛是粉红色的，泪也是粉红色的。

短短的一刹那，粉红色的云朵骚动起来，几只火烈鸟拍打着翅膀飞了起来。像是人生某些霎时的雪亮，也像是某些瞬间痊愈的遗憾。周矛矛感到自己在轻盈地下坠。她看到了两只火烈鸟相对着站在一起，像一颗粉红色的爱心。她也曾有过爱，透明的爱，斑斓的爱。这份爱无关于任何一个人，只在于她跳动的心脏。那些人无法理解，一头大熊怎么会有爱呢。可酒鬼有爱，国王有爱，吃掉小王子星球的猴面包树，也是深深地爱着那株玫瑰啊。谁没有自己的玫瑰呢，失意时的玫瑰，落单时的玫瑰，它都开着，浓艳馥郁地开着。即使消失了，即使困顿、危厄、溃败，你何尝能否认它盛开过，你何尝能阻止一只硕大蓬勃的熊，飞奔向蓝丝绒般的天空？周矛矛笑了。云朵开始清晰起来，她看见了眼睛、嘴巴、翅膀，还有粉红色的、细长的腿。它们原来是这样的。我们存在的星球，原来是以这样的形式显现、游弋、闪耀、沸腾，成为永恒。

火烈鸟抖动浑身的羽毛，水珠溅起，又落下。游览车轰隆隆地低吼着，云朵不停地脱落着它的粉色，落在风中，落在满地的草上，直至变得透明、忠贞、遥远。旷野里，出现了一群黑白相间的斑马，像一盘围棋一样，各自对弈着。一群灰色的大象信步走过，留下朦胧的水汽。几只水鸟落在犀牛的身上。狐猴在树枝间跳跃。羚羊变换着自己的脚步，消失在褐色的灌木丛里。周矛矛看见了一只熊，它站在那儿看着她。她朝它挥手，它也朝她挥手。倏忽间，熊不见了，天空涌现出一朵大熊般的云，倏忽间，云也不见了。

就在此刻，周矛矛才听得见这个世界的声音。有了天惠，何尝没有无知，有了无知，何尝没有恒常。

“爸爸在那儿，爸爸在那儿。”沉默许久的熊二，凑近了周矛矛的耳朵，低声喃喃着。

周矛矛解开了鸟绳。

"去找他吧。"

出了大门，面包车司机问他们，天也不早了，需要不需要住宿。

他们仨都知道，这边住宿是很贵的，司机肯定要拿回扣。他们拒绝了司机的要求，让他按照合同开回去。司机用自己的族语骂了一句，啪地关上了车门。

暗沉的天色，崎岖的山路，面包车的车灯昏暗，司机似乎累了，边转着方向盘，边打着瞌睡。周矛矛试图和司机聊天，司机回答的都是自己的族语。一截一截的山路，一次一次的猛刹车，外面还闪着绿色的荧光，阿克苏说那是狼的眼睛。三个人都坐得笔直，不敢有一丝怠慢。为了舒缓气氛，维特笑了，指着窗外说："那条小溪肯定是个温泉。"阿克苏说，她也觉得是。周矛矛说："温泉煮蛋可好吃了。"阿克苏说："煮蛋干什么，煮饺子吃，猪肉大葱馅儿的。"维特咽了一口口水："海鲜汤，等回去睡一觉，起来我就给你们做海鲜汤。"周矛矛说："那怎么好意思，有汤有饺子，我给你们做鸡肉芝士焗饭，杧果奶油蛋糕也不会少。"三个人又开心许多，说着些黑人学生的趣事。

道路变得更加颠簸起来。狼的眼睛不见了，只听见满山谷的狼嗥。三个人彼此紧贴着，天气冷了，他们都穿上了外套。三人都不敢往窗外看。车轮旁边就是千米深的非洲大裂谷，红褐色的土，灰黑色的岩石，点缀着一个个纯黑色的洞。司机还没有醒，梦游似的转着方向盘。寒意钻进他们的身体里，他们团在了一起。

“苏姐，”维特打破沉默，“志愿者到期了，你会留在非洲吗？”

阿克苏瞪圆了眼睛：“留在哪儿都行，只要不回去。”

良久，维特小心翼翼地问：“你还是不能原谅你妈？”

“原谅？”阿克苏哼了一声，“她的任务就是把我生下来，其他的都两清了。”

维特低下头：“苏姐，我好羡慕你。你看我，也是逃到非洲来了，可要是我父母断了我的经济来源，我还是要回去。我没有你的勇气，我没法过我想要的生活。”

阿克苏转开目光，看向了周矛矛。

“我呢，”周矛矛说，“我肯定要回去。我爸要入狱了，家里只剩下我妈妈了。当初，就是因为无法面对现实，我到了非洲。可是我不能再逃避了，谁能一直逃避下去呢。”

三个人又沉默下来。阿克苏的手开始翻动，从包里掏出了椰子酒。

椰子酒空了一瓶，又空了一瓶。维特一边打着酒嗝，一边说："就是死，也值得了。"阿克苏拧着他的耳朵："你个瓜娃子，说什么晦气话呢。"周矛矛又喝了一口："我告诉你们，这椰子酒我也做过，用椰子的花芽，剖开，倒置，用容器在底下等着，发酵酿酒。我看人家黑人做得可好喝了，我做的却是酸的，怎么回事，怎么回事？"维特说："矛矛姐你不能再喝了，我看你来了半年，好像又胖了一圈儿，回国怎么办啊？"阿克苏说："你放屁，咱们的矛矛可好看了，柳叶一样的眼睛，满月般的面庞，性感的嘴唇，我和她出去，咱们的黑人兄弟只喜欢她。那些黑人小毛孩儿，都说她是女神呢。"

三个人，你倒在我身上，我倒在你身上，嘴里不知说着什么。不知怎么回事，他们身边的酒瓶子又少了。周矛矛睁开眼睛，原来司机也在喝着椰子酒。"你干吗呢，你干吗呢？"周矛矛胡乱说着国语，"你留点儿给我，留点儿给我。"司机也说着他自己的语言，两个人吵了一会儿，周矛矛又闭上眼，任由面包车直行，猛刹。

周矛矛做了个梦，梦到她看见了熊二在和火烈鸟把酒言欢，火烈鸟说，熊二也是只火烈鸟，熊二说，其实周矛矛也是只火烈鸟。一个激灵，周矛矛醒了过来。司机点着头，手里转着方向盘。周矛矛头皮发麻，朝窗外望出去。“还活着，我们还活着。”此时的他们，正处在山脉的裂缝中，切割着山的肚子。周矛矛打开顶窗，探出身子，头上是一座巍峨的雪山。

“司机司机，”周矛矛朝车里喊着，“那个是乞力马扎罗山吗？”

“是是是。”司机也朝车顶喊着。

周矛矛伸开双臂，风呼啸着穿过她的身体。她仰起头，看着蓝丝绒般的天空下，蓝丝绒般的山。星伴着月，驰骋在浩瀚的天空。她喊了出来，她看到了，她看到了乞力马扎罗山山顶最后的积雪，在云里慢慢消失。

维特说：“我们能活下来，是菩萨保佑。”周矛矛说：“我们能活下来，是椰子酒的功劳。”阿克苏说：“你们错了，我们能活下来，全都是因为我们已经不要命了，不要命的人比要命的人活得长。”三人争执不下，转身回了宿舍。过了半天，阿克苏下了一锅猪肉大葱馅儿的饺子，维特煮了一锅无比鲜美的海鲜汤，周矛矛端来一盆鸡肉芝士焗饭，还有圆圆的一整个杧果奶油蛋糕。三人谁也不说话，闷头吃了一顿。

吃完了，维特用手背蹭着脸，蹭下了一坨肉色的粉。阿克苏也文静许多，用手指顺着自己的黑辫子。周矛矛浑身一凛："你们听见了没？"

"听见什么？"面前的两人都停止了动作。

熊二回来了。周矛矛眼睛里缤纷光艳。它在说话："我知道！我都知道！"

距肯尼亚大选还有一段时间，好像有一个世纪那么长。周矛矛和院长请了假，去了最近的那个海滩。她买了泳衣，买了墨镜，把自己原原本本地铺在了沙滩上。黑人们来回穿梭着，对她吹着口哨。她也学会了吹口哨。现在，她要把自己晒黑，晒得像他们一样黑。

前几天的 QQ 视频上，妈妈问周矛矛为什么还不回去。她说："马上，立刻就回去。"

可此时她躺在沙滩上，不知这个"马上、立刻"是什么时候。也许是明天，也许是后天，也许是很久以后，她会离开到达的地方，再到达离开的地方。具体是哪一天呢？她坐起身子，啜了一口沙滩上的椰子酒，甜甜的，热量也不高。她知道，熊二去遥远的、属于它的地方了，它有一个任务，就是把小王子拉回 B612 星球。她还知道，院里那个在肯尼亚混了五六年的秦老师，终于离开了非洲，周游世界去了。那又如何。我们用各种方式逃离，我们要成为他人，我们要获得尊严。我们之间的大裂谷，来自他人，也来自内心。可是，谁的本身不是长长的桥呢，只要一边放开了手，世界与自我，都无法抵达对方。

不知哪里又传来口哨声。周矛矛摘下了墨镜。

大海涨潮了，一排一排的海水，涌向蓝色的天空。

周矛矛走了过去，一个飞跃，像盐一样消失在了海里。

阳光下

我的一匹马失眠了。我把煎鸡蛋翻了个面。那是一匹白色的小马驹，可好看了。我又把煎鸡蛋翻了个面。我想它只是太阳晒多了，心里躁得慌。我研究过此类课题。据说，晒多了太阳，毛毛虫就会蜕皮，树叶会变酸，键盘的一个个格子会纷纷脱落。这就是晒太阳的坏处。

煎鸡蛋吱吱冒着油。我啪嗒关了煤气灶，我知道他没在听。他总是这样，一边看手机，一边切水果。这可能是一种新型的全脑运动方式，主要适用于那些活得漫不经心的男人。说到男人，我不可避免地想到了我的那些男同学们。有的是流着黄鼻涕的，总是擦不干净；有的是梯形的，长着一双大脚。我不喜欢他们，又离不开他们。就像花粉过敏一样，你不能保证你一辈子不会收到鲜花。

“爸，我想结婚。”我用筷子把煎鸡蛋戳成了两半。一块大的，一块小的。

“嗯嗯。”他哼哼着。

这个男人居然是我爸。我一点儿也不像他，长得不像，说话也不像。我觉得我可能像我妈，虽然我并不记得她的模样。有点儿奇怪，可能是因为太阳。那个报告中说，阳光也是导致人口失踪的一项重要的原因。

他伸出舌头，卷起一块苹果，脆甜地嚼着。

“说说，我的女婿叫什么。”

我没有告诉他。关于结婚，我想得还不够仔细。本来我是要嫁给电视上那个唱rap（说唱音乐）的男歌星，后来想想，还是嫁给学校隔壁证券公司的部门经理吧。不过，我还不知道这里的习俗，彩礼多少钱，宴客多少桌。我想过问我爸，他结了两次婚了。不，也可能是一次。这不要紧，他已经是两个孩子的爸了，虽然一个还在肚皮里。总要出来的，总要活下去的，总要结婚的。我已经想明白了。人活在这世界上，就得守规则。

我洗干净了碗盘，把剩下的苹果块儿倒入榨汁机。我爸不是一个喜欢麻烦的人。他找到一个女人，就会生一个孩子。就一个，多了便是累赘。

“爸，我上学去了。”我背起书包。

“赵丽颖要生孩子了。”他嘟囔着。

我没想过和我同桌结婚，他是一个白白瘦瘦的男孩儿。不过，男孩子会变成男人的，这是微博上知心姐姐说的。经过成长的磨炼，瘦小的男孩儿会变成臂膀宽阔的男人。我深吸一口气，闭上眼，想象我同桌未来的模样，也许理了寸头，也许眉眼长开了。无论如何，我都在试图把他想象成我喜欢的模样。不过，奇怪的是，那个唱 rap 的男歌星和证券公司的部门经理，长得毫无一致性，我同桌也是。

“你想过去整容吗？”我问他。

我同桌眨巴着他的杏仁眼。这是一双好看的眼睛，而我更喜欢细长一点儿的。

“现在医美技术可好了，不痛的。”我用笔在他的脸上划划弄弄的，“这边削掉一点儿，那边填充一点儿。”

“你在干什么？数学最后一道题你解出来了吗？”同桌擦去他眼角的眼屎。

“我需要解出来吗？”我在他的眼角处画了一颗眼屎。

“他还没喊你去？”同桌埋下头，从笔盒里抽出一支铅笔。他要画立体几何图了。我拦不住他的。

“你是说楚有朋吗？”我把双手环在脑后，眯着眼看窗外的太阳。金色的，还有点儿红。那个报告说，你凝视多了太阳，眼睛里就会出现神明的影子。我试过不少次。有时是两个圆，有时是一团星点儿。这说明我并不是一个虔诚的人。虔诚的人是不会眯着眼睛看太阳的，把太阳夹着了，多疼。

“立体几何有那么好玩吗？”我夺走我同桌的铅笔，“别画了，和我结婚去。”

“我不把几何图画完，怎么考大学？不考大学，怎么有工作？没有工作，怎么结婚？”同桌振振有词，又抽回了他的铅笔。

“楚有朋找过你吗？”我转过头，凝视他白净的脸庞。

我同桌没回答我，他沉浸在立体几何的快乐中，肯定是楚有朋教他怎么画图的。他以前数学成绩可没这么好。

还是美玲老师把我领回去的。我不想回家。有时候，我一个人坐在空荡荡的教室，思索一些问题。“家”是一个名词还是一个词组呢？你想想，地球那么大，“家”应该是一小块一小块的黏土吧。我有时在我爸捏的黏土里，有时又在美玲老师的黏土里。美玲老师的黏土里，还有楚有朋和一群面容恬静的女孩子。我不明白，美玲为什么要嫁给楚有朋，楚有朋又为什么要娶美玲。可能到了年纪，大家都要结婚吧。如果一个人不结婚，那他就应该去晒太阳。晒多了太阳，他就会明白，结婚是一件自然而然的事。

“楚老师今天会回来吗？”我夹起一根菜叶，又松手。汤面悠悠荡荡的，加个鱼丸会更好一点儿。我觉得楚有朋会喜欢青菜鱼丸汤的，可美玲从没做过。

“过去完成时的用法你明白了吗？”美玲问我。

我埋头吃掉了汤里的菜叶。有时，英语老师会和数学老师结婚。有时，我爸会和我继母结婚。有时，我又会和我丈夫结婚。这种事情，每时每秒都在发生。如果你变黑了，你会怪太阳吗？太阳没有让你变黑的意思。你们一直在曲解它。

“今天我睡在哪里呢？”我看着美玲的家。人一结婚，事情就麻烦了。米要买两份，枕头也要买两个。我想，我下课后，可以去端盘子。至少，我也买得起美玲家的素缎枕。

美玲家的素缎枕有奇怪的味道。微博上说，少女是有体香的。可能这个枕头已经腌入味了。

“你能好好地听我讲完将来进行时吗？”美玲温柔地说。她总是这样，温柔地生气，温柔地给我们洗澡，又温柔地给我们做早餐。她一定是个温柔的母亲。但可惜的是，神明没有给她孩子。没有孩子，美玲的毕生所学到哪里去呢？于是她成了一名老师。我为美玲感到惋惜，也为楚有朋感到惋惜。虽然他有时会喝醉酒，很粗鲁，但他是个可敬又和蔼的好人。

我的马出去遛弯儿了。每到深夜时分，它都会出去转一圈儿。我希望它能到海边去，听说海边的太阳可大了，明晃晃的一轮。我又希望它载着我去，我们一起等待海深处的日出。我喜欢太阳，也喜欢大海，这些都是让我感觉到有力的事物。人活着，总会对某些东西感到无力。昨天积攒的袜子啊，今天要做的功课啊，明天开始的考试周啊，我想没有什么东西可以摆脱它们，但可以缓解，比如结婚。

“爸，你希望我和一个立体几何画得很好的男生结婚吗？”我摊开了一张煎饼糊。

“你是说三角形吗？”他啃食着苹果。

“我想，差不多吧。”我说。

“煎饼，我还是喜欢圆形的。”他把掉在膝盖上的苹果块儿扔向垃圾桶，没扔准。我端起平底锅，又匀了匀面糊。

“爸，你喜欢吃鱼丸吗？”我说。

我希望他想吃鱼丸，就像我希望世界和平一样。我不知道我应该怎样做，才能让世界和平。多吃瓜果蔬菜，多学音乐美术，也许这样，这个世界才稍微有个人样。

“加个鸡蛋，摊在里面。”他说。

“你确定你不想吃鱼丸？”

“煎饼只能加里脊。”他吐出一口苹果籽，“你确定这是红富士吗？”

“他们说是。”我打了一个鸡蛋，蛋壳碎掉在上面，我用锅铲拔开了它。

他吃完了红富士，用袖口揩了揩嘴角，像楚有朋一样。有时候，楚有朋会让我们舔干净他嘴角的果汁。我喜欢草莓味儿的。有时，我还用手蘸一蘸，涂指甲。楚有朋说可好看了，我反正不相信他的话。他还说过娶我呢，但这可能并不是个谎言，只是需要等待，像买房摇号一样。

我收拾好了碗筷，他伸了个懒腰。阳光照耀在屋子里，到了准备午饭的时候了。做功课的时候，我在想我未来的孩子，可能是个男孩儿。我只希望是个男孩儿，这样，他的一生可以免除许多磨难。关于磨难，我不想多嘴。我觉得我不是一个能穿过磨难而毫发无损的人。楚有朋说过，光既是粒子也是波，它既能穿越又能绵延不尽。做人，就得活成一束光。该是粒子的时候，也不必记得自己的波。我喜欢楚有朋说的这些话。虽然他的很多话我都不敢苟同，比如月亮是空心的呀，一加一在失重的情况下会变成三啊。人嘛，相信爱情的同时，又必须相信科学。

做完一份英语试卷，我靠着椅子打了会儿盹儿。梦中，我翻越了山川河海，却停驻在一座寺庙前。寺庙有我们渴求的神明，我向其祷告，其不语。我希望太阳永远年轻，此般活着，盛宴常在。我不知道神明有没有首肯。楚有朋说过，太阳会老的。这让我感到恐惧。他的另一层意思，不就是他也会老吗？我也会。既然我们都会老，那为什么还要年轻过？

我只知道，楚有朋是爱我的。这件事无须多疑。他总是喜欢用我吃过的饭碗，哪怕里面还残留着青菜叶，他有时会吮吸两片。我没有对他说谎，也没有对他说全部的实话。他和美玲的结婚照，我是剪成了两片的，后来又用胶布黏合了起来。看上去并无二致，过去与现在相安无事。他不知道我还会做什么。我会做的事可多了，就是我把我爸喂胖的。我还会喂胖我那个即将出世的弟弟。

同桌整理好了书本，书包塞得满满当当的。

“你在发什么呆呢？”他用胳膊捅捅我。

“我昨天去做过检查了。医生说，我将来的孩子会是个女孩儿。”我搓起拇指，书页顺着我拇指的螺纹错身递进着，我的鬓发被书页扇起的微风吹动起来。

“你是不准备做幂函数练习了吗？”同桌又把水杯塞入书包的侧袋。

“做那玩意儿干什么，我要做母亲了。”我抽出他的水杯，仰起头，最后几滴水落入我的口中。

“孕妇都这么渴吗？”同桌皱皱眉头。

“再过六年，她就上小学了。”我抚摸着自己的肚皮。她的算术，由我来教。

“瞧把你幸福的。”同桌喊了一声，拿走了他的水杯。

突然，我看见了一个男生。我攥住了同桌的手，嘴里支吾着说不出话来。

“怎么了？”

“他……他不是个好学生，也不是个差学生。他辛苦了十几年，考上了省内的一所二本大学。在大学，他也无功无过，没逃学，没挂科，也没奖学金。毕业后，他找到一份金融类的工作。可惜竞争激烈，他拿的不过是份基本工资。他感到人生无望，想去过不一样的人生，然而这一切并没有改变。他在城市里租着一间单身公寓，早出晚归，得了空儿就打打电脑游戏。亲友们也组织相亲了几个，不是矮就是太胖。最后，他选择了一个不胖不瘦、不高不矮的女孩儿结了婚。结了婚后，老婆不咸不淡，不喜欢做饭，也不想上班。他想忍着，老婆却不准他玩电脑游戏了。那是他唯一的乐趣。他感到苦闷，然而老婆腆着个肚子说：‘过不过？不过就打了。’”

“然后呢？你是在进行文学创作？”同桌拧紧了他的水杯盖。

“当他到了三十五岁时，我的女儿也到了花季的年龄。她可不是个省事的丫头，手指甲、发圈、假睫毛，她都追着我买。她还在上高中，每天必经一条巷子。巷子旁边就是单身公寓。我的女儿不知道，她一直被人注视着。是他，他每天回到家，就待在阳台上。他老婆不让他吸烟，也不让他喝酒。他酝酿着，直到有一天，他下了楼，把我女儿拖到楼道里。”

“然后呢？”同桌张着嘴巴。

“我们是在郊外的树林里找到她的。她身边是那天她穿的衣衫，胸口上的那个编织花胸针不见了。不过，这些东西她都用不上了。她双手背后，被捆得严丝合缝，手腕有一圈圈磨出的血迹。她的眼珠被挖了出来，被树枝穿了烤熟了。屁股上一摊污血，脖子上掐出了手印，胸针完整地戳入了心口。她已经快烂了，苍蝇围绕着她。警察侦破了很久。起初，他们以为是郊区的傻子干的，他也招了。DNA 却显示不对。后来，他们瞄上了桥下的流浪汉。流浪汉却跳下河，淹死了。她不过是个孩子，又能有多少社会关系呢？我埋葬了我的孩子。”

“凶手找到了吗？”同桌有些急躁了。

“这得到我五十多岁的时候。案子已经过了追诉期了。他也成了个老头子。我父亲老了，我要去医院给他送饭。我继母早已去世，我弟弟在工厂里做工，后来被买断工龄，用积蓄租了个店面，开了间小超市。我已经和我以前的丈夫离婚了，他找了个小他十二岁的女人。我被亲眷们撺掇着，和一个做水果生意的鳏夫搭伙过日子。鳏夫有一个女儿，已经快三十岁了，也不找工作，就在家里打游戏。她父亲催她找对象，她偷了父亲的钱，订制了一个昂贵的机器人男友。我弟弟也就只有我这个亲人，时常过来和我喝几杯，我们彼此都不提我曾经的女儿。那一天，我骑着电瓶车穿过那条巷子，遇到了个老头儿。他已经很老了，佝偻着背，靠着电线杆抽烟。那一瞬间，我觉得就是他。”

同桌凝视着我，表情很恐惧。过了几秒，他疑惑地眨了眨眼。又过了些时候，他面部像是被挑断了一根筋，扑哧一声笑了出来：“说得跟真的似的。”

我吸了吸鼻子，咽下盈出的泪：“那到时候，你可以帮我举报他吗？”

同桌不可思议地瞥了我一眼，他把水杯盖拧紧，又转了一圈儿，拧松：“我想你应该多做一做幂函数真题练习。”

“楚有朋都没这样和我说。”我噘起嘴巴。

“美玲和你讲了过去将来时的用法了吗？”我对那个把

握得不够。我卷起鬓发，又松开，发丝打了个旋儿，停了："你想和我一起去吗？"

同桌耸耸肩："我是男生。"

我也耸耸肩："说不定他们也喜欢你啊。"

"算了吧。"同桌啪地盖紧水杯，"南门外面新来了一家煎饼馃子摊，有限量东北大酱的。我得去排队了，不然只剩下豆瓣酱的了。"

我一个人坐在座位上。这年头，煎饼馃子都限量了，那为什么一个人所爱的人的数量，从来没有终止呢？比如我爸，他娶了一个之后，还可以再娶一个。楚有朋也是，他可以爱着美玲，也可以爱着我，更可以爱着墙壁里的、酱缸里的、地下室里的。他都可以爱着，就像学习英语一样，一段话里，可以有一般现在时，也可以有将来进行时。

我又梦见了我的马。白色的马鬃、蓝色的眼睛。广袤的田野上，一片月华的粉银。它跑着，我骑着它驰骋，它的骨头冒出了脊背，又凹陷下去，随即鬃毛扫过了我的脸，好闻的青草味道。我俯下身子，抱着它的前躯。它说它要到月亮上去，我相信它。我们跑啊跑，大海在我们的脚下，宇宙在我们的前方。它不会食言的，一如珍重人世。

“我要陪你妈去产检。”我爸出现在我的床前，“你把昨晚的衣服洗了，餐桌也收拾下。今天别去上学了，炖个鸡汤。柜子里有枸杞，别省着。”他很少和我说这么多话的，他不是一个善谈的人。我很好奇，他和我真正的母亲是如何说话的。也许会小声地开口说“你觉得怎么样”，也许会轻柔地抱着她说“你喜欢就好”。但这似乎都不太可能。能说出这两句话的男人，是不会沦落到他现在这个样子的。就像恐龙再怎么进化，也不能变成人类一样。成为人类，需要时间、工具、篝火，还有绵绵不绝的阳光。当阳光洒照时，人类捕猎、画画儿、进食、相爱。当阳光隐去时，人类交谈、仰望、安睡，释怀彼此的罪过。太阳平衡了我们的生命。我觉得，我母亲肯定是个热爱太阳的人。

我并没有炖鸡汤，我在街上走了一上午。街上有一些人、一些楼，还有一些没有被命名的事物。就像地球有 71% 是水一样，我们所处的空间，也有 71% 是未被命名的事物。爱情也是，婚姻也是。你能保证过了今天，你爱的人不会杀了你吗？

我去了人民广场，那里人很多，还有一个大舞台。人们坐着，或者站着。我也坐了会儿，又站了会儿，觉得无趣。一群大学生在玩滑板，剩下的几个，在跳街舞。我想象过，到了他们那个年纪，我会在做什么。我可能不会玩滑板了，街舞也不会。想到这儿，我倒是有点儿难过。揣着我爸给我的买菜钱，我买了个发光的气球。这种气球很流行，我把上面的小霓虹灯拆掉了，缠绕在自己的手腕上。我的胳膊在发光，那种丁零零响的光芒。我举起了双臂，在街道上来回奔跑着。我是我了。我喘着气，将剩下的气球抛向天空。

气球再一次坠落时，我的手机响了，是楚有朋。一瞬间，我感到我已经不爱他了，甚至还有一点儿厌恶。没有人规定过，一个人必须学会幂函数。

楚有朋不在家，是美玲让他喊我来的。这样也好，我不喜欢楚有朋粗糙的大手，还有硬挺挺的胡须。不过，听我同桌说，女孩子都要习惯这些的。这样才能生出宝宝，成为一个合格的母亲。我问他："男孩子怎样做一个合格的父亲呢？"同桌思索了一会儿，说："我们要学习数学，搞清楚自己一共有多少个孩子，这样才是个合格的父亲。"

"他干吗去了？"我褪下自己的短裤，问美玲。

“城南有个补习班。”美玲熟稔地拿出了试纸。

我喝完了美玲给我煮的青菜鱼丸汤。她盐放多了。

“还是一条。”美玲有点儿失望，啪地坐在了椅子上。

“在我们小学里，一条杠是大队长。”我洗干净了汤碗，安慰美玲。

美玲扔掉了试纸，她把我洗干净的汤碗又洗了一遍。

我坐在美玲的椅子上。她去阳台了，晒干净我上次留下的衣服。我喜欢美玲，不是因为她给我煮青菜鱼丸汤，也不是因为她给我洗衣服。我喜欢她的手。我想，当年楚有朋也是因为她的手而和她结婚的吧。她剥鸡蛋时，特别好看。她批作业、做家务，甚至砌墙、上油漆、移动酱缸时，都轻巧而伶俐。我时而会想起那些面容恬静的女孩儿，她们肯定也喜欢过美玲的手。美玲的手做黏土，肯定一级棒。我们被她黏在了一起，重又塑造了样貌。我们是个快乐、幸福的大家庭，如果一个人不快乐，那他就应该去结婚。如果一个人不结婚，那他就应该去晒太阳。晒多了太阳，他就会明白，生活是一列蒸汽火车，它是冒热气的。

楚有朋和美玲的结婚照依然悬挂在卧室的墙上。我不记得我是怎样把它摘下来的了，但我现在想把它还回去。我说的不是照片，而是其他的一些东西。我见过我之前的那个女孩儿，她脸色苍白，青筋从太阳穴上暴了出来。她还不太会说话。我想美玲会把她送回精神病医院的，就像还一支铅笔一样。铅笔一旦被削开了头，只能越来越短，就像人只要生下来，只会越来越老。但楚有朋说，光既是粒子也是波，那我们可以既是老人也是小孩儿。这个宇宙里，太阳引领我们走向灭亡。而在另外一个宇宙，我们吞灭了无数个太阳，才诞生在人世间。

“他今天还会回来吗？”我将腿半悬在空中，问走过的美玲。

“今天讲三角函数的诱导公式，可能会有点儿晚。”

“我爸让我给我妈炖鸡汤呢。”我放下了腿，椅子咯噔一声。

“你要枸杞吗？”美玲打开了柜子。

“我想，他们不需要。”我脱下拖鞋，穿上鞋子。我的鞋子上还缠绕着一段霓虹灯线。我稍一动，几根小灯管亮了起来，像星星。

“放点儿葱姜。”美玲在我背后说。

“你什么时候再来？”美玲又说。

我没有回话。其实美玲不寂寞的，她们明明还在她家。一个在墙壁里，一个在酱缸里，一个在地下室里，还有的泡在酒罐子里。想她们了，可以小酌几口。若是没人说话了，去地下室待一待，也是个不错的选择。

我爸并没有责怪我，他只是一个劲儿地骂那个医生。医生说，我弟弟的脚指头有十一个。我爸让他仔细数数，还是十一个。他说医生数学不好。我插嘴说："三角函数可以推算出，设置 α 为任意角，终边相同的角的同一三角函数的值相等。如果数不出来，我们可以算出来的。"他并没有明白我在说什么。好在，他也不必明白。

"爸，你允许我结婚吗？"

第二天早晨，我出现在我爸的床前。

"你早饭烧好了？"阳光猛烈，他眯了眯眼。

"我马上就十八岁了，到结婚的年纪了。"

"好好好。"他翻了个身，"多要点儿彩礼。"

我点点头，刚准备走，又回过身："爸，人能不能和两个人结婚呢？"

我爸朝空中挥了挥手："你说呢？人能不能有十一个脚

指头？”

我懂他的意思。我给他摊了个三角形的煎饼，里面放了奇数个鱼丸。奇数产生的余数非常壮观，宛如十一个脚指头依次排开，大的、中的、小的。我可算明白了，有些东西就是余数，比如太阳。我们看见的太阳，其实是8分20秒之前的太阳。我们见到的阳光，其实就是太阳的余数。它一直用它割不断的小数点滋养着我们。

我回到了教室。同桌已经翻开了《5年高考，3年模拟》，认真地解着题。

“你想去哪个城市？”我问他。

“北京挺好。南京也不错，靠着家。”

“那我们可能要异地恋了。”我长舒一口气，瘫坐在凳子上。

同桌笑了：“你是说，我们在谈恋爱？”

“不谈恋爱，怎么结婚呢？”我注视着他，“你也要为宝宝考虑下，他一出生就见不到爸爸。我看那些妇婴读物说，儿童早期的成长环境，往往能影响他一辈子的。”

“你看那些玩意儿干吗？怎么不多背点儿单词？”

“宝宝怎么说？”我眨眼。

同桌推了推眼镜：“b-a-b-y,baby.”

我抱着同桌的胳膊，同桌抱着手里的教辅书，笑得都没了眼睛。

难得的是，上午最后一节课楚有朋宣布，让我们去体锻。到了冲刺的阶段了，他也会让我们歇歇气。其实，我能明白他的意思，万一我们猝死在教室里、考场上，他也没法交代。

楚有朋并没有下楼，我想他去喊其他女生了。这所学校的女生，有的不喜欢幂函数，有的不懂三角函数，有的不会立体几何，他都会慢慢地教导她们的。

“他是爱我的。”

“你说什么？”匆忙的人群中，同桌问我。

“你愿意和我生个孩子吗？”我喊道。

人群停住了，他们都笑了，我也是。

男生们抱着篮球，四处张望着。不知什么时候，流着黄鼻涕的那个，治好了鼻炎。大脚的那个，换了一双新的运动鞋。我已经很久不去看那个男歌星唱 rap 了，学校隔壁证券公司的部门经理，上个月刚升职加薪。我不知道他们愿意出多少彩礼。不过，我已经想好婚纱买什么样子的了。

我一个人坐在树荫下的长凳上。我在算待客需要多少钱，花朵和灯饰，也要好大一笔钱的。还有红色的敬酒服，我看她们的都是鱼尾式的，还要露肩镶钻。我在淘宝已经收藏了一大堆了。鞋子，鞋子也很重要，跟儿要高一点儿的。耳坠，对，过几天去打个耳洞。

“喂！”同桌喊住了我。篮球滚到了我的脚下。

我把篮球还给了他们。他们嚷着笑着，在阳光下，篮球闪烁缤纷，他们也宛如烛照。过不了多久，他们就会去他们该去的地方，上海、北京、南京、武汉。那里会有不同的人、不同的味道、不同的气候。

篮球场外，我看见了美玲，她正骑着一辆破旧的自行车。她一手把着车龙头，一手遮着眉骨，阳光在她的背后轰然涌来。我想，她正骑着我的白马，到草原去，到大海去，到宇宙里去。可我的白马也会累，也会渴，也会半路打盹儿。宛如我们，也会饿，也会死，也会一无所有。

我同桌又喊了我一声，篮球滚了过来。他告诉过我的，他以后会娶一个陪他看 NBA 的女孩儿。我觉得这样挺好。不过，拿到篮球时，我愣住了。

我看见阳光照在了平阔的操场上。一瞬间，我看见了无数个南瓜依次溃烂。

羽毛的第三侧

昆璐不知道是什么把他们关进了同一个笼子。她把仓鼠取出，换上干净的莎草。仓鼠还活着，握在手里，宛如弋晓辰柔嫩的脸蛋儿。昆璐摩挲着仓鼠宛如苔藓般的皮毛，毛隙间闪过粉色的腿状蜷曲。她将仓鼠轻轻地塞回笼子，关上了副驾驶座的车门。换作以前，是弋晓辰坐在此处的。她坐在驾驶座上静静地描眉，悬珠笔，横折钩，圆规一撇，双曲线上 O 点与 P 点的距离。她手一抖动，X 轴上的抛物线滑落到了第四象限。弋晓辰摊开红润的手掌，她的掌纹成了一个空集，无数悬珠状的固液体在里面浮涌。

玻璃上慢慢地浮上了连绵的山脉，一轮明月显现，又消失于无形。沧海与桑田来回变幻，昆璐呼出一口气，缓缓地露出一张蒙着纱的玉容。她伸出手指，玉盘般的脸庞有了笑容。弋晓辰将彩色的毛线粘在画纸上，缠绕出了一个太阳的模样。昆璐挑着手指，一截截地解开弋晓辰那紫黑色脉搏一般的鞋带。那些鞋带又变成了最后的绞绳。啪的一声，弋晓辰掉下秋千，掉入了〇到六岁专属的塑胶球池里。弋晓辰露出额头，宛如一个苹果浮出水面。波浪又把她按了下去，宛如弗拉戈纳尔在秋千上随意地将绣鞋一撇，又宛如米勒在晚钟下虔诚地祷告。我的弋晓辰啊，她冒出了毛茸茸的青草，随着来年的春风柔柔地飘荡着。连绵的山脉下，春江花月、枫桥夜泊、烟笼寒月，琵琶一声如裂帛。弋晓辰捡起地上未燃尽的爆竹，许下了来年的生日愿望，那毛茸茸的青草编织成夹杂着婆婆纳的荆棘桂冠。她还在读她见过的古诗，她还在描绘着那些绘画里的光影。在元宵节的秦淮河水上，弋晓辰坐在观光画船旁，灯影在她的脸上闪着晕泽。昆璐抱住了弋晓辰，她在三亚沙滩上垒起的碉楼毁于无尽大海的一次温柔的舔舐。

仓鼠钻进了棉窝。弋晓辰躲在被窝里，咯咯地笑。她们在捉迷藏呢。昆璐总觉得她还在壁橱里、睡床下、窗帘后面，抑或是在新百的试衣间、金鹰的餐馆、德基的电影院。光透过星星图案的窗帘，即使在白天时，宇宙里的星辰都在运动、迸裂，闪耀或红或白或紫的光芒，只是我们看不到。弋晓辰宛如那些岩石星球之一，她躲到太阳后面了。昆璐在帐篷后面找到了她，她的脸上画着红色的星星，宛如圣诞节贴在大洋商场玻璃橱窗上的贴纸。地球上的生物都为碳基生命，我们可以找到硅基生命吗？或许还有蓝色的气态生命，彩虹色的能量体生命。昆璐带着弋晓辰穿梭在南京博物院的漫长时光中，一盏刻着古文字的灯回旋着白色的光芒，宛如一颗被抛却的星辰。弋晓辰指着儿童早教图画书，口齿不清地问着冥王星的名字。昆璐无法阻止后来冥王星变成矮行星的事实，太阳失去了它其中一个孩子。弋晓辰冲进屋子，告诉她："黑洞是时空曲率大到光都无法从其事件视界逃脱的天体。"总有一天，她会去那里看一看，把那些消失的光、星球、时间带回来。"你想当科学家吗？"昆璐问弋晓辰。弋晓辰放下乘法口诀表，给她讲起了居里夫人和镭的故事。"镭是什么？"弋晓辰站在德基商场的波普南瓜前，问昆璐，"它是类似于宇宙薄膜上细密的针织的星星刺绣吗？"弋晓辰还问书里的玻尔和爱因斯坦。帐篷外，弋晓辰绕着昆璐转着，忽远忽近的螺旋轨道。昆璐宛如太阳系一般网住了她。弋晓辰抛起刚剪下的头发，那一切纷纷落落，让昆璐感觉置身于弋晓辰的婚礼上，蓝色的田野穿过她的指缝。新郎转过身，是弋晓辰童话书上的那头棕熊先生，总是把火星当乒乓球，把木星当篮球。弋晓辰挽着头上的白纱，说指尖的钻戒是用她在鼓楼上学时用的铅笔压制而成的。昆璐接过了弋晓辰的捧花，然后从中抽出白色的花朵，放在字体娟秀的墓碑前。

昆璐抹去了车窗上的白雾，手掌的印子宛如一根羽毛，又宛如绵延的金陵古城墙。昆璐打开笼子，抚摸着仓鼠的皮毛。那次在华采天地泰餐馆过生日，晓辰去了一趟洗手间，回来时，手里多了一只仓鼠。它团了起来，仿佛风一吹，它就像蒲公英一般散开了似的。昆璐想起了那次露营，弋晓辰对着天空敞开肚皮，咯咯笑着，打了个滚儿，牛奶洒了，弋晓辰满头的白纱。樱花洲上，棕熊先生向弋晓辰单膝下跪，举着刚从玄武湖河泥里刨出的蘑菇戒指。昆璐翻开童话书的下一页，刺啦一声，蓝色的田野多了一线白色的棉花垛，绵延至冬雪里的金陵古城墙。长发公主放下了她的头发，嘱咐下面的人快点儿发射火箭。“太空是没有声音的。”弋晓辰指着物理课本阅读着。“我家里也有一个太空，那就是我妈妈和爸爸的卧室。”弋晓辰在印有芳草园小学标记的作文本上写道。

昆璐把结婚戒指锁在了保险箱里。弋晓辰九岁后，她就没打开过那个戒指盒。事物总会存在于它们该存在的地方。昆璐现在就在这里，封闭的四立方米之间。弋晓辰打开戒指盒，流星滑落了她的食指。昆璐告诉弋晓辰，戒指戴在食指意味着自己嫁给了自己。昆璐用易拉罐拉环给弋晓辰磨了一枚戒指，把那枚钻石的还给了那个男人。弋晓辰努力地将易拉罐拉环戒指套在昆璐的食指上。昆璐解开了弋晓辰头上的蝴蝶结，蝴蝶结散开，宛如婚礼上的对戒在烈火中熔化。一扇门关闭，宛如昆璐合上了那本从新华书店的角落里抽出的童话书。弋晓辰打开了棕熊先生的戒指盒，里面有铅笔画出的一颗爱心。昆璐告诉弋晓辰，那个老给她端作业本的男孩儿一定是喜欢她的朋友。弋晓辰的那个朋友和男孩儿放学一起走了，可男孩儿还是老给弋晓辰端作业本。后来，弋晓辰失去了这个朋友，自行车车胎漏气了。弋晓辰坐在马路边上，揉着流血的膝盖，透过吱溜转着的车轱辘，仿佛看着万花筒中的无数变幻。昆璐在暗房里看着一帧帧高高吊起的相片，她那时的男友——弋晓辰的父亲——搂着她的腰。那时新街口还没建好，他们骑着自行车穿梭在街井小巷，饮着鼓楼南大门前的酒酿。晓辰的父亲喝得微醺，却偷偷啜泣起来。昆璐问他怎么了，他说天空变高了，他再也够不着了。他们俩坐在礼堂的台阶上，米糕出炉，蒸腾的热气伴随着红色的梅花烙印。如果他们把那个冬天的相片全都洗了出来，弋晓辰就会消失在那烙着红色梅花的白色蒸汽里。弋晓辰九岁时，才吃完一角梅花糕，从昆璐过往的相册里抽出一张纯白的相片，相片上粘着白色的糯米粉。洗这张相片时，曝光过度了。那时他们还是大学生，一起坐缆车上雪山。缆车里还有其他同学，他们举着相机拍摄着雪景。昆璐裹紧羽绒服，寒风将帽檐的羽毛吹得像雪绒花。

“雪山那边是什么？”一个同学问道。

“还是雪呗。”另一个同学道。

“这边那边，雪山第三边是什么？”

“三米高的雪怪呗。”

他们围在了一起，讨论着雪山怪人的传说。人们说话时喷出的热气，宛如一锅梅花糕出炉了。昆璐甚至觉得，雪山怪人不过是云朵下的一朵棉花，或者是撒在梅花糕上的一粒枣核。彼时的昆璐挥了挥手，空中的白云矮了三寸，被谁狠狠地咬走了一口。

昆璐摊开手掌，又闭合。离合器像云朵一般浮起来了。弋晓辰从满浴缸玫瑰花露的泡沫中钻了出来，小小的手抓住了她的食指。一个琉璃色的泡沫在弋晓辰的指间破灭，宛如那颗流星般的钻戒从她的食指滑落。弋晓辰宛如一块乳白色的肥皂，在浴缸里越来越小，昆璐伸手一捞，弋晓辰像涟漪般碎了。那些往事又渐渐聚拢，拼出了一盘淡淡的雪晕，晃晃的。昆璐掬起一把雪，它宛如骨髓般在她的身体里涌动。浴缸里，弋晓辰的橡胶黄鸭宛如船舷浮沉。一把匕首掉入了雪晕中央，她的弋晓辰散作了一群银鱼，那么多小匕首。昆璐蹲在浴缸旁，抱着自己的膝盖。弋晓辰湿漉漉的脚站在她目光所及之处，宛如小小的鹅卵石露出浅水。昆璐捧着弋晓辰的身体，擦拭她沾着水珠的肌肤。露珠在草叶上来回滚动，地球绕着太阳螺旋转着，又折回。太阳滴落至宇宙的内心深处，弋晓辰宛如一颗种子般裂开。

据我们所知，我们所能见到的宇宙不足5%。弋晓辰用两片叶子遮住眼睛，笑起来，两排牙齿像不知名的星系。有什么劈开了她的嘴唇，宛如当年的冰川漂移。昆璐固守着自己的那块冰块儿，弋晓辰随着冰川一截截矮下去，她听见了时间的融化。昆璐站了起来，冰块儿宛如纸片燃烧，蜷曲变小。她终将会在冰块儿上跳芭蕾，为的是迎接必定的死亡。弋晓辰摘下仙人掌上的花朵，昆璐看见花瓣包裹着的那个黑洞。他们被关进了同一个笼子里，比如说黑洞，一个连光也逃脱不了的笼子。昆璐在冰块儿上踮起了脚尖，她又听见了十几块冰块儿坠落到玻璃瓶的声音。瓶口与瓶底打着冰块儿乒乓球，一会儿又安静了，宛如弋晓辰坠落冰谷。那年的夏令营，弋晓辰握着冰镇的橘子汁，笑得眼泪噼啪而下。昆璐一定讲了什么笑话，比如爸爸妈妈分开后，弋晓辰待在谁的身边。昆璐抱着弋晓辰，仿佛抱着将近拂晓的一座雪人。传说，雪山的第三面会有三米多高的雪怪，他们的大脚丫深得宛如半个浴缸。“我可以在里面泡澡吗？”年幼的弋晓辰问道。昆璐抱紧了弋晓辰，她看见了一座雪人在漫天的大雪中洗刷着自己的皮肤。雪中会有污垢吗？那些六边棱状的淡蓝色雪花，也有着梅花糕涨价的烦恼吗？昆璐给弋晓辰抹上玫瑰花露，灯暖混合着白色的蒸汽，她像梅花糕般蓬松膨胀起来。弋晓辰啪嗒一声关闭了台灯：“晚安，妈妈。”昆璐伸手为她合上了眼睛，飘摇的黄菊花宛如台灯再次亮起。

昆璐打开了车前灯。今早下雾，天气预报如是说。朦胧的雨滴洒落。“波粒二象性。”弋晓辰重复着这句话。车窗上蒙着小雨珠，还氤氲着光晕。那些粒子穿透了我们。昆璐感觉自己像那些被碾作车辙的泥雪，再坚硬也有被穿透的缝隙。就像雪山之间的缆车，从这个点到那个点，直线距离最短。弋晓辰举着直尺，画下了矩阵。“特别规定零矩阵的秩为零。”昆璐捧着弋晓辰的文具盒，这个笼子里装着直尺、橡皮、铅笔和圆规。她会像圆规一样跳起芭蕾舞，虚晃出一块透明而无形的足下冰块儿。真正的冰块儿总是会融化的。“特别规定零矩阵的秩为零。”昆璐再次重复了这句定理。弋晓辰坐在冰川上，宛如一棵猴面包树。“会有人待我如玫瑰吗？”弋晓辰仰面问她。昆璐抹去眼角的泪：“我会待他如玫瑰的。”弋晓辰咯咯笑着，吮吸着昆璐面颊上散落的泪珠。弋晓辰说，泪珠不是粒子，它们落在她的心田里，是一群虹彩。昆璐打开戒指盒，里面有一颗爱心，曾经她也收到过承诺。缆车一点点地下降，又一点点地上升，宛如结婚时，她脖颈间闪动的钻石。

一点儿红光缀在茫茫的灰色城市中。那铁制的交通杆宛如冷却的残指。有什么点开了奇点，就像按下一个按钮一般。弋晓辰合上她的科普读物。有时候，积木是她的镭；有时候，书本是她的镭；有时候，那群同龄的小伙伴儿是她的镭。如果时间顺着线性流动，裙子、珠链、钻石都会成为弋晓辰的镭。弋晓辰采摘草叶上的露珠，穿成了珠链，送给那些女孩儿。有个女孩儿和弋晓辰同一天生日，她们总是互赠生日礼物，找家大众点评分数最高的店，点一份地道的南京板鸭，再点一些炸鸡奶茶，然后将蛋糕上的奶油抹在对方的脸上。昆璐用相机给她们拍照片，那一刻的她们，留在了相机的笼子里。昆璐打开镜头盖，宛如剥去一层花苞，那些花蕊闯出了笼子，蜜的甜流淌一地。昆璐捧着弋晓辰，任由她的身体在指缝间滴落。她在无尽的大海边再次垒起弋晓辰的模样。昆璐坐在沙滩上，等着夜的舔舐。她会一点儿一点儿地没入夜色里，头顶闪着寒冷的星子。粒子随着风穿透弋晓辰的身体，透过她满身的窟窿，人们再次看到了光的照耀。是什么让那些质子、中子、夸克聚集于同一个肉身呢？它们也被关入了同一个笼子。海风吹着昆璐的鬓发，宛如乒乓球抛起又落下。每一个物体都拴着一根绳子，苹果是，人类是，地球也是。弋晓辰放下初中《物理》，默背着那些公式。在太阳系里，水星、金星、地球、火星、木星、土星、天王星、海王星依着轨道螺旋交错着。太阳失去了那个极寒的第九个孩子，它在宇宙孤单地跟随着众星。木星为地球抵挡住了大量的陨石和小行星。弋晓辰观察着自己的指纹，那一圈圈的轨道中间，是否有一颗抵挡陨石的木星？昆璐抱住弋晓辰，她像冥王星般被失去了。“我可以保护我的玫瑰吗？”弋晓辰双手捧着仓鼠，宛如托着那个蔚蓝色的星球。昆璐从弋晓辰的手里接过仓鼠，轻轻地放在沙滩上。弋晓辰被时间镂空了。沙砾吹向昆璐的手掌，她宛如木星般踱步在沙石圆弧上。大海浩瀚无垠，那里闪烁着星辰与陨落。一块陨石以极快的速度燃烧殆尽，它并没有落地，也无人看见。昆璐站在三亚的沙滩上，感受着空气里弥散多时的太阳风与太阳耀斑粒子。

“如果我消失了，棕熊先生怎么找到我呢？”弋晓辰摩挲着童话书卷边儿的页角。

“妈妈不会让你消失的。”昆璐抚摸着弋晓辰的发鬓。

“如果真有消失的那天呢？”

“妈妈会像棕熊先生一样保护你的，放心。”昆璐说。

“妈妈，如果我真的消失了，我会像棕熊先生一样，变成棕熊灵来保护你的。”

弋晓辰亲了亲昆璐，将童话书放在一侧，合着手掌睡着了。

方向盘滑了一下，后面的车连续不断地按起了喇叭。一山低，一山高。同学们指着脚下的雪山山脊，问彼此："如果真有雪怪，他们会在哪里吃饭睡觉？”他们就雪怪吃不吃人这个问题争执起来。昆璐的男友，也就是弋晓辰的父亲，他一个人坐在缆车的角落，放眼望着山脊绵延至天顶。昆璐低着头，细细数着身侧男孩儿的心跳，一山低，一山高。其他同学已经讲起了雪怪如何剔除牙床里的龋齿这个问题了。

“你们不觉得山脊像一片轻盈的羽毛吗？”昆璐的男友，弋晓辰的父亲挑起眉毛。

昆璐听见了身侧男孩儿心里轻轻裂开的雪崩。

昆璐一个猛刹车。雨水密集了一点儿，冲刷着车窗上历久的水渍。地球围绕着太阳，一圈儿一圈儿，宛如一滴水珠荡开了另一滴水珠般徒劳不倦。瞬时而渺小的涟漪，也模仿出了地球与太阳的模样。这样的一刹那，地球用了60亿年，水珠只用了3秒。中子与质子组成了原子核，原子核在质子的带动下产生自转，原子核带正电，电子带负电，而原子核质量远远大于电子，所以电子绕着原子核转，构成了原子。一个原子只有一个原子核，但不一定只有一个电子。弋晓辰放下书包，拿出物理作业与日后将被制作成婚礼钻石的那支铅笔。她房门上挂着一只海宝玩偶，蓝色的 A 字母一边摇着手，一边抱着绣在自己身上的红色花朵。离婚后，昆璐经常带弋晓辰出去玩儿，她在世博会里的每一个国家馆前都照了照片。弋晓辰举着土耳其馆里售卖的香草冰激凌，仿佛举着一座燃烧的雪山。从缆车上下来后，昆璐知道了雪不止有一种白色，还有如火般生命燃烧的色彩。宛如弋晓辰摘下仙人掌的花朵，血珠滚落；又宛如昆璐跳起板砖大小的冰块儿上的芭蕾舞后，一头栽入海的寒冷深邃中。弋晓辰宛如一朵洁白的浪花般扑向了大海。昆璐独坐在沙滩上，夜的皎白慢慢吐出了她自身的轮廓。

雨刷一撇。昆璐伏在方向盘上。出城的车堵成了一串。一个又一个的笼子，有的高，有的低。还有楼房里的那些大小笼子，火车里的、轮船上的。那带着弋晓辰坠落冰谷的冰川，后来又带走了一支乐队、大半艘船，还有一个叫杰克的金发男孩儿。昆璐能看见，杰克正教导弋晓辰如何描绘内轮廓、透视与投影的明暗。那支铅笔又亮了起来，宛如刀片闪烁一亮，又宛如徽章上的镏金一点。昆璐在厨房里忙着晓辰的生日宴，弋晓辰摆弄着 DVD 机（影碟播放机），突然接住了什么，她掰开自己的手掌——她赢得了那张船票，她将和杰克一起漂泊在无尽海洋的怀抱里。昆璐抱起她的弋晓辰，蓝色的大海波光潋滟。上帝总是喜欢掷骰子，他们何以在这短暂的人世相聚？昆璐靠在了车背靠上，仓鼠在蓝色的小木屋里啃啮着米粒、梅子与枣核。一锅梅花糕又热气腾腾地出炉了。

背靠接纳了昆璐背部的弧度。弋晓辰从滑梯上滑下来，眼睛笑得像中午刚吃的豆角。豌豆公主睡过去了。昆璐关掉了儿童卧室的台灯，轻声和弋晓辰说晚安。她将回到他们的卧室，和那个男人同床共寝。有那么一段时间，昆璐总觉得他像床铺上的一粒豌豆，铜的、铁的、花岗岩的。男人侧卧着，连呼噜声都透着对昆璐的不满。“等弋晓辰高考完就好了。”昆璐对自己说。她不明白他俩之间出了什么问题，也许是雪怪的缘故。昆璐枕在床靠上，身体疲倦而扭曲。这是一个棉花笼子，昆璐抚摸着床靠上绣好的喜字。卧室成了两个人、两只床靠、两盏台灯、一张床的笼子。昆璐闭上眼，努力忘却白天。眼前却是不断攀升的缆车。虹吸原理。虹吸是利用液面高度差的作用力现象，将液体充满一根倒 U 形的管状结构后，将开口高的一端置于装满液体的容器中，容器内的液体会持续通过虹吸管向更低的位置流出。虹吸原理的实质是因为液体压强和大气压强而产生的。弋晓辰合上《物理》，打开了《语文·文言文》，宋代苏轼所著的《东坡志林》中言："以竹为筒，无底而窍其上，悬熟皮数寸，出入水中，气自呼吸而启闭之，一筒致水数斗。"这便是四川盐井中用唧筒把盐水吸到地面、浇灌树苗的过程。弋晓辰合上《语文·文言文》，又打开《中国历史》：中国人很早就懂得应用虹吸原理。应用虹吸原理制造的虹吸管，在中国古代称为"注子""偏提""渴乌"或"过山龙"。东汉末年出现了灌溉用的渴乌。古代中国人应用虹吸原理制作了唧筒，唧筒是战争中一种守城必备的灭火器。昆璐再次闭上眼睛。一种水的笼子，漫流而上。而她不过只是某个渺小的水分子，随着缆车慢慢攀升至水分子的另一种形态。昆璐背对着男人侧卧着，他们之间的山谷里，有一只缆车缓缓地降落。

车队继续向前蜿蜒，宛如褐色坚硬的山脉。明明雪是那么轻盈，却淹没了那些坚硬了亿万年的事物。车队将在不远处看到趋于缓和的山势，直至抵达平原地带。昆璐逐渐驶离了山区，有一瞬间，昆璐觉得自己是去参加弋晓辰的婚礼的。棕熊先生提前了一个月告诉她这个喜讯，就这么个日子，在樱花再次盛开的地方。是的，如果那辆春游的校车开得稍微慢点儿，躲开那辆卡车，昆璐就能见到棕熊先生了。她会带上洁白的百合花，还有蓝色的满天星。百合花变成了插在木扦上的梅花糕，满天星成了撒向天空的米粒与雪花。弋晓辰摘下白纱手套，戴上那枚铅笔制成的钻戒。棕熊先生摘下礼帽，向昆璐致以诚挚的问候。他们会一起回到弋晓辰的九岁，好好度过那场被毁掉的夏令营。他们还会回到那年的世博会，带着弋晓辰参观地球上的每一个国家，轻声告诉她："你看，我们被木星保卫得多完美啊。"

"水有三种形态：液体、气体、固体。"弋晓辰坐在书桌前背书。

"妈妈，雪花是水的哪一种形态呢？"弋晓辰问昆璐。

关于雪怪的故事，那些同学并没有讲得尽兴。他们说，很多人在雪山上发现那些半个浴缸大的脚印，有人还用泥水拓印了带回实验室研究。有些人还是雪怪的目击者，他们有着人类的容貌，浑身披着白毛，身高有三米多。据一些科学家所推断，他们以雪兔、白狐、林间果子为食，宿在挖好的洞穴里。有目击者试图捕获雪怪，却为其所伤，胳膊上的痕印类似于虎豹，显然雪怪还保留着猎食的利爪。一个同学说：“既然眠宿在洞穴里，为什么有着高科技的人类还未能捕获他们？”另一个同学说：“有些科学家推断，他们生活在地心世界，只有极少数情况下，才能在地上偶然露面。”他们又开始讨论地心世界到底适不适合生物生存的话题了。

离那里越来越近了。两边的行道树呼啸着退去，宛如一层层帷幕拉开，里面却是空的，正如天空的灰色无垠。昆璐经常带着弋晓辰出游，她开着车，弋晓辰端着相机拍摄窗外的风景。宇宙是个超大的笼子，地球是个大笼子，车是个中等的笼子，相机是个小笼子，那一刻的世界，都被装进去了，包括树、草、风、陆地、海洋，还有距离地球 7.8 亿千米的木星，都被装进了相机笼子。还有个微小的笼子，就是弋晓辰颤抖的心。那颗心把什么都装进去了，包括昆璐吃过的米粒、走过的路、心底的悲哀。这是昆璐后来才知道的。弋晓辰靠着车门，开始哼起歌谣。她会去土耳其，她也会去爱尔兰，她会收养一只蓝色的鸽子，她也会有一个心爱的人，就像棕熊先生一样。漫天飞洒的樱花里，兔子、刺猬、麋鹿、鸟雀们坐在席下，为他们送上新婚的祝福。确实，就等昆璐一个了。等昆璐到了那个地方，她会挽着弋晓辰的胳膊，将弋晓辰戴着白纱的左手放在棕熊先生的手心，然后再合上那本童话书。

昆璐将车停在了路边。她不知道还会不会有人来这里，棕熊先生列出的宾客名单里，并没有那些穿着荧光衣的交警。今天是弋晓辰的生日，是双喜临门的日子。昆璐一手提着蛋糕盒，一手拎着因贴了贴纸而显出淡黄色“生日快乐”字样的苹果。仓鼠留在了车里，这让昆璐有一种感觉，总有什么还在车里等着她，她不能一直留在这满是墓碑的地方。有些地砖里渗出了些许的青苔，昆璐滑了一跤，四只苹果骨碌碌滚落在地。昆璐放下紧握的蛋糕盒，哆嗦着手捡拾散落的苹果。苹果躺在那里。为什么它们都在同一个笼子里？昆璐手撑着地砖缝隙里的青苔，膝盖啪嗒跪了下来。膝盖有清脆的崩裂声，宛如弋晓辰咬了一口苹果。昆璐再次想起了缆车里那个默默地坐在她身侧的男孩儿。关于弋晓辰找到的那张曝光过度的照片，昆璐去找了照印店。弋晓辰的父亲坐在角落看着雪山，昆璐端着相机拍照。雪山山脊依然像一片轻盈的羽毛，它们融化、汇聚，直至形成无尽的大海。寒冷的风吹着昆璐的鬓发，又吹来烙着红印的梅花糕的米香。缆车因过载而倾斜了，那些同学还在吵着雪怪的话题。那个坐在身侧、内心缓缓雪崩的男孩儿，终究成了眠宿在雪山里的雪怪之一。那张照片里，还有一双手。这双手抱起弋晓辰，又将她轻轻放回了墓地里。

离开墓地后，昆璐遇见了另一个女人。她坐在路道旁的石礅上，一口一口吃着蛋糕。蛋糕上的奶油有“17岁”的字样。两人对看了一眼，彼此都没问出口，那两个孩子是否曾互相存在于同一个笼子里。昆璐缓缓地经过了她，努力不让她看见自己刚刚摔出的伤疤。月球永远不会用它的背面来面对地球，弋晓辰捧起书本。月球的背面是那样寒冷，而它永远用温柔的一面来守护地球。昆璐仰面看着天空的灰色无垠。弋晓辰在她的生命里存在过吗？也许现实不过是那场缆车事故的另一种可能。“妈妈，如果我真的消失了，我会像棕熊先生一样，变成棕熊灵来保护你的。”昆璐闭上了眼，她回到了羽毛的第三侧。雪山之上仍是雪。在宇宙的粒子风暴中，她背靠着那颗美丽的木星，一把握住了弋晓辰父亲的手腕，宛如那根绳子绑住了流浪宇宙的冥王星。

年轻人的好运气

人们来到海边时，难免会想起五月的火车。成浩不知道这两者之间有什么联系，可世间的东西就是这样。就像他每天骑着小黄车，就会想起麦当劳的双层牛肉堡，这之间有运气的成分。每一分每一秒，都会有各种运气产生。比如刹那间想到了新的数学公式，一拐弯儿避开了横冲直撞的汽车。有的运气是关于宇宙的，有的运气是关于生命的，还有的运气，是关于如何正确地活下去的。

每天骑小黄车，并不是什么丢脸的事。人家崔总，一辆玛莎拉蒂镇宅，一辆奥迪 A8 代步，偶尔还骑小黄车散心呢。崔总说："都到这个年头了，开车的都是上班族，真正的贵族，讲究的是低碳、环保、自然出行。"这句话说到成浩的心坎里去了。没错，虽然自己没能做到奥迪自由、别墅自由，但是起码小黄车自由是有的。自由的人类，必须有自由的活法。关于活法，崔总还有一套说辞，说什么科学家预言，到 2029 年，人类将实现永生。什么纳米机器人，可以修复癌细胞、坏细胞、死去的细胞，到时候，绝症、肿瘤、残疾，这些都不是个事儿。成浩一边敬酒，一边应和着，脑子里却想着 1999 年的事。1999 年到 2029 年，相差了三十年，三十年可以改变很多东西。人家不是说“三十年河东，三十年河西”嘛。1999 年一整年，他都在河边挖石头。听父亲说，大水冲垮了房屋，那些金手镯、银戒指，都被冲进泥地里了。只有有足够耐心的人，才能在泥里找到宝贝。于是，他就在泥沙里挖了足足一年。新千年来临时，他还想去挖。后来，父亲给他买了玩具恐龙。

父亲说过，恐龙在亿万年前就已经灭绝了。成浩问父亲：“那我们是如何知道它们的长相的呢？”父亲说：“想象。”成浩又问：“想象是什么？”父亲说：“想象，就是去想一头象的模样、食物和奔跑方式。”这下，小时候的成浩就遇到了更大的问题：人为什么能够想象出一个不存在的动物的模样呢？还有，它们吃什么？睡在哪里？如何奔走？我们是如何知道的呢？就是通过想象吗？如果这样，那这个世界难道不可以是他成浩一个人想象出来的吗？

这个问题，成浩没有问父亲，也没有问其他人，包括崔总。崔总是个无所不知的人，不然他的玛莎拉蒂、别墅哪里来的？成浩就想成为这样的人。小时候，在那个滨海小城，他就被灌输这样的观念：知识就是力量。老师们说着说着，就成了：知识就能赚钱。成浩一直抱有这样的念头。人家乔布斯，即使休学了，也没忘记学习电脑知识，最后也成功了。学习从来不晚，学习创造财富。成浩就在那个小城拼命地学习。初中时，别人在玩电脑游戏，他在背数学公式；高中时，别人在四处谈恋爱，他在背作文模板。终于，在他十九岁时，成功考上了南京工业大学。这可不得了，在他们学校，可以算得上数一数二的。成浩风光了好几年，学校里的那些学弟学妹，都成了他的粉丝。他的高考复习资料，一份复印本就能卖到 298 元的高价。成浩也不是贪心的人，只要是本校的学生，一律打八折。成浩是个有根的人，念旧。

如今，成浩已经是南京一家文化传媒公司的部门经理了。小城的人都说，成浩在外面发了，有用了，将来肯定是个大人物。他觉得他们说得对。但南京城太大了，就连小黄车也有骑不到的地方。不过，成浩在牛首山都见过小黄车。发酵，蔓延，跃龙门，只是时间长短的事。

没有人生下来就是部门经理，成浩也吃过不少苦。“成功之路总是布满了荆棘。”这是成浩写在床头柜上的一句话。这是英童说的，英童是他曾经的合伙人，现在在政府开车。他们曾经凌晨 3 点翻出校门，豪饮、对吹，恨不得把对方吃进肚子里去。成浩选择英童，是有原因的。那时，英童毫不起眼，麻秆似的，但成浩觉得他就是散财童子。那眉眼，那唇口，重要的是，成浩让他们抽签，上上签的才能成为他的心腹。英童抽中了。和所有的老总一样，成浩也喜欢运气好的人。

时过境迁，他们俩早就没有凌晨喝酒的兴致了。不过，成浩也会约英童出来吃吃火锅，喝喝奶茶。成浩说些南京大人物的生意经，英童会容光焕发地讲些领导们的趣事。他们彼此都觉得对方混得不错。成浩的现任女朋友猫猫，就是英童牵线的。猫猫还没到二十岁，是个标准的“00 后”。英童和南工大的辅导员关系好，辅导员要开大学生创业就业指导会，英童就介绍成浩过去了。猫猫是听众之一。

南工大宿舍不查房，所以猫猫就在成浩家过夜。猫猫有一头秀丽的头发，眼睛黑而亮。成浩把头埋进猫猫的秀发里，就会想到 1999 年的泥沙地。小城的海边没有规划清理，到处都是泥沙淤积，伴随着粗粝的沙子。很小的时候，成浩就喜欢在里面摸牡蛎，有时会摸到海龟，有时还有玉米螺。最神奇的一次，他摸到了水母。奇怪的是，他没有被蜇，它可能已经死了。小时候的成浩，有了一股人之将老的忧伤。有些忧伤是不能说的，一说，就变质了。成浩的父亲不知道，他只是挂着听诊器，在小城里来回穿梭。成浩为他的听诊器感到自豪。他父亲能听见那么多人的心跳，有的跳得慢，有的跳得快，有的一步一颠。父亲会排开一张纸，写下药方。上面是蝌蚪一样的字，可患者也看得清楚，彼此心照不宣。那时候的成浩觉得父亲酷毙了，写几个字就能救一个人。上了学，成浩才明白，有些字可以救人，有些字可以杀人。他立志成为鲁迅一样的作家，杀敌千万，救人无数。

关于作家这件事，崔总并不这样看待，他说："有些作家就认钱，谁要是有钱，让他写什么，他就写什么。"

成浩觉得他说得很对。那些微信公众号、微博、知乎上的作家，要的就是钱。有钱了，就写篇文章，写篇文章，就有钱了。这跟资本运作是一个道理，只是这个规模微乎其微。换句话说，就是彩虹屁广告。谁是金主爸爸，他们就跟着他舔，早就学会汪汪叫了。成浩灌了杯酒。等到他发了，也养几条玩玩儿。

这就是成浩撞上的好运气。现在这个时代，讲究的就是实在。那些作家，都是穷得嗷嗷叫、咬到人了还不松口的狗。他已经不在乎这些虚幻的东西了。攀上崔总，是他上辈子的福分。崔总投资了比特币，他也花了积蓄买比特币；崔总做广告，他也跟在后面做广告投放。虽然收成不多，但好歹也能混个“总”。他和英童吃火锅，一个是“总”，一个是“书记”，两人涮了一盘羊肉，又涮了一盘牛肉，见底了，还让服务员来一盘鸭肠。

英童就是个幸运的人，当年他抽中了上上签，也是遇见了成浩，英雄惜英雄啊。他们都喜欢海底捞。英童说：“海底捞的不仅是鸭肠鹅肠，还有钱。只有钱，才能使人快乐。”成浩捞了个虾滑给他：“此言在理。”英童啜了一口可乐，问他上垒了没有。成浩说，早就全垒打了。他经手的女孩儿，比这一火锅的虾滑都多。英童说不信。成浩问他去不去大保健，崔总带他去过几个高级会所，很安全。

他们去做了足疗。小姐揉捏着他们的脚，英童咿咿呀呀地呻吟着。

“你给程书记开车，足疗都没做过吗？”成浩抬起头，看了一眼英童。

“那怎么敢？我是正规司机。”英童又叫了一声。

“嗯哼。”成浩哼了起来。

“你那些吃的过期没？”英童也抬起了头。

成浩埋着头，想起了大学时光。刚开始，成浩单干，从网上进了一批零食杂货，又印发了一大沓传单，在学校门口发。没卖多少，成浩就去门口的小吃摊讨教经验。后来，他在人人网、QQ 上发广告，并且送货上门。卖了一些，没回本儿。剩下的，他又吃了一些。他迎着秋日的晚风，看着夕阳下的校园，啃着手里的泡椒凤爪，眯起了眼睛。他个头儿不高，勉强算得上 160 厘米，体重还挺壮观，已经不止 160 斤了。成功人士不需要多高的个头儿，他们只需要能量。成浩又拆了一包京酱肉丝，京城味儿。成浩摇了摇脑袋，斟满一杯雪碧：“有些人只不过比我早生了几年而已，现在都过去了。”他的那些偶像，出轨的出轨，坐牢的坐牢，剩下的，都老了。

“早就卖完了。”成浩哼哼唧唧地讲。

“还写稿子不？”英童又问。

英童是知道他的，刚结业那年，成浩在出租屋里闷了半年。他亏就亏在半导体原理那一门。不过，他本就不是电工的命，他是要做大事的人。他用待业的半年时间，写完了一部长篇小说《K 城市》。他父亲也给了他半年的生活费。这部小说讲的是人到了城市后的异化，与卡夫卡有异曲同工之妙。他把这本书称作“时代的听诊器”，听诊出“80 后”“90 后”甚至“00 后”的普遍问题。写作时，他把父亲的听诊器就放在电脑旁边。这是他来南京上学时，父亲送给他的。后来，小说写完了，却没人愿意出版。成浩跑了多家出版公司，不是拒绝就是要钱。成浩不想做自费的书，觉得这是对作者的蔑视。他陆续又写了几篇小说，都搁在那里了。

“写那玩意儿干啥？”成浩嘘了一口气，“你呢？新马泰去了几趟？”

英童这人虽然瘦小，心很大。他以前说，毕业后他准备赚够半辈子的钱，再辞掉工作，跑全世界各地去玩，日本、法国、夏威夷。等成浩再见到他，他不是爪哇国的驸马，就是马耳他的公爵，再不济，还是个食人族的酋长。成浩说，成，只要不吃他，一切都会成真。

“新马泰通车了，我就带你去。首先就去泰国抓一把人妖。”英童扭了扭腰，让小姐停下手。

“怎么了？”

“一脚刹车，一脚油门的，程书记喜欢超车，这边脚底厚。”英童抠起了茧子。

“你他妈别干了，跟我混去。”

“你混出啥了？”

“我收入来源多呢，工资、电商、稿费、比特币、广告投放、公众号代运营、股市，这些随随便便就能养活一打猫猫。”

“你那公众号还开哪？”

“那可不。”成浩翻了个身，从腰包里抽出一盒南京。“骂咪蒙，是所有男人必须做的事。”

“她碍着你了？”

“就看她那样，说男人一定要养自己的女人，女人一定要找高富帅。屁。我为我们中国男人说句公道话，找对象一定要门当户对。对象家境跟你不匹配，能力又不匹配，基本上成不了，就算成了，也少不了彩礼啊、婆媳关系啊等各种矛盾。这么多矛盾，咱们男人一个人多逍遥，干吗要给女人买房子买珠宝。我谈过一个1997年的就是这样的。她们互相攀比，谁的男朋友有钱，谁的男朋友花钱大方，谁的男朋友有豪车别墅。那个1997年的很会花钱，但是却没有给我买过什么东西，我感觉自己像个ATM机（自动取款机）。在恋爱和婚姻中，必须旗帜鲜明地倡导平权，支持经济平等，支持AA制（各人平均分担费用），不然多不划算。”

“猫猫呢？”

“她啊，还好。过日子就是这样的。”

英童不说话了，他直直地看着按摩小姐的胸部，直到他的脚覆盖了他的视线。

这主意是成浩提出的，主要想让大家聚一聚。这个“大家”，连他一起，不过就三个人，英童、猫猫和他。在南工大混了四年，又在社会上摸爬滚打了三四年，他也没收获多少朋友。大三的时候，他不卖零食了，开始创业。那时他还是有很多朋友的，他劝他们入股，一股两万。入股的有同学，也有发小。他那铁哥们儿，一投就是20万。成浩创办了《学生日报》，还在学校附近租了个门面。来实习的学弟学妹很多，一时间，成浩风光无两，甚至还有南大的学生慕名而来，他给他们部门经理的头衔。他们干活儿都很棒，采访、写稿、编排一条龙。英童是他的心腹，也是总经理，但他并没有股份，只是来讨一个实习证明。日报社运转了三个月，以全部赔光告终。别人参的股，也没法收回钱。他那铁哥们儿也没追着他还款，只是大方地送了他一个恐龙模型，从此相忘于江湖。

猫猫忙出了一桌饭菜。猫猫是安徽人，家里还有两个弟弟，她会做家务，也会烧菜。成浩的父亲给他买了栋公寓，猫猫的花呗一人还一半。成浩觉得这样过着不错。

“浩哥哥，我烧的糖醋排骨好不好吃啊？”猫猫仰着头问。

“你烧的最好吃了。”成浩点着筷子。

英童将一块貌似肩胛骨的骨头吐了出来：“够味儿。”

吃完了午饭，猫猫将客厅拾掇干净。成浩掏出一把吉他，抱着唱了起来：“窗外的麻雀，在电线杆上多嘴，你说这一句，很有夏天的感觉……”

“停停停。”英童说，“第二句就走调了。”

“人家崔总说我唱得可好了。”成浩竖起了吉他。

“算了，我可不听。今天咋不吃火锅？”

成浩走进房间，推出了一个电风扇般的大盒子：“我想送你一个礼物。”

盒子打开，里面是一头巨大的霸王龙模型，它露出獠牙和利爪。

“你是说我丑？”英童皱起了眉头。

“不不不。”成浩解释说，“你总是让我想起二十年前。那时我在海边挖泥，我总是想，只要我挖得足够深，我就能挖到恐龙。而只要我挖得足够久，我就能逆转时间，回到白垩纪。我抱着这样的念头过了一年。后来，我父亲说，我是见不到真恐龙的，只能靠想象。而崔总说，十年后的纳米机器人，完全可以修复死细胞，让以前的恐龙再生。我思考了很久。如果我想象出了一头恐龙，那我也可能是一头恐龙想象出来的。换句话说，我也是后来的人们用纳米机器人修复出的一个人类。”

“难道我让你想象到了恐龙？”

成浩将吉他放回了盒子：“不，我们其实都是恐龙。而我对你说这些话，只是因为，你是唯一能听懂我的恐惧的人。”

“你怕什么？”

“我怕我赚不到钱。我怕我没法买大房子。我怕我没钱结婚。我怕我养不起我爸。”

“你看看你，”英童抓起桌上的听诊器，往成浩的手里送，“你听听。”英童将另一端放在了自己的心脏上方。

成浩仔细听着：“心跳正常啊。”

“不。你听听，是不是钱在哗啦哗啦响？”英童放声笑着。

成浩摇头，又点头：“英童，我是不是你哥们儿？”

“是啊，怎么了？”

成浩拿下了听诊器，搬来两把椅子，一把让英童坐，一把自己坐：“英童，我可没和你借过什么钱，我们之间也没什么经济往来，清清白白的。现在，我有一个极好的赚钱机会，是崔总勉为其难让给我的，是一个基金，今年年底就能上市。只要我们现在投股，明年保不准儿会翻十倍。这是作为兄弟我提点你的。”

英童想了一会儿：“成浩，我信你。但我和你不同，我没房子，现在正在挣钱买房子……”

“不是房子的事。我也不要你的钱。主要是，你现在在政府部门，有靠山，有门路，只要你在账面上稍微划拉一点儿，我有了启动资金，一倍翻两倍，两倍翻十倍，到时候，咱再还钱，我也会给好兄弟分红的。”

英童的头摇成了拨浪鼓：“不成，我们是正规部门。”

猫猫把自己的钱给了成浩。成浩不知道她哪儿来的这么多钱。猫猫说，都是从她自己的生活费中克扣下来的。成浩依然有疑惑，但也没有问。他去银行卡里取了钱，凑够了整数，找到了崔总。崔总说：“这是一个包赚不赔的投资项目，一年内就能实现融资上市。当年的某个创业者，没有一个人相信他，而最初的投资人，后来因为这个项目就有了百亿收益。这个时代属于有眼光、有行动力的人。”他很看好成浩，未来属于幸运的年轻人。

闲暇时光，成浩又骑起了小黄车，猫猫陪着他骑。南京的街道上飘着柳絮，几只喜鹊飞掠而去。成浩有些恍惚，他又想到了他的父亲。没有患者时，他会带成浩去海边转转，泥沙地上依次显现出两排脚印。父亲说，只要一直走下去，他们又会抵达第一个脚印。成浩小时候的疑惑，就是他父亲给的，比如恐龙的模样、第一个脚印。它们宛如万花筒中的红黄橙绿晶体，稍稍一变动，就会有不一样的形状。六岁的他想象出的恐龙，肯定和二十七岁的他描绘的不一样。他想做一个临摹这个世界的人，将这个世界放入想象的世界，再将想象的世界讲给不同的人听。他会是一个很棒的人。六岁的成浩，将脚边的石头扔入了海里，海浪一卷一卷地漫延而来。总有一天，他们会再次相见。

“浩哥哥，我们去喝杯都可奶茶吧。”猫猫停好了小黄车。

成浩喝着猫猫买的芋圆红豆奶茶，指着不远处的楼房说，将来他们会住在那里，180 平方米，两个大阳台，三个孩子，欧式装潢，全景大飘窗。他不是说着玩儿的。等这个项目融资上市，他赚到了人生第一桶金，他就继续创业，让猫猫做老板娘。

“好好好。”猫猫啜着芋圆，黑眼睛笑得细亮细亮的。

他们并没有住进 180 平方米的房子，也不会有三个孩子，原因在于小黄车。成浩的公寓楼下多了一辆小黄车，他没在意。一个人的楼下，多出一辆小黄车，这是再正常不过的事。但是一个人的床上，多出另外一个人，这就说不过去了。

这个姓崔的秃头，提着裤子、撇着头不去看成浩。成浩抄起手边的花瓶砸了过去，两个人都没挨着。成浩疯了似的扑过去，崔总一闪腰，咯噔一声，成浩倒地了，他也一瘸一拐地溜走了。

“为什么要这样？”成浩朝猫猫吼道。

“她们……她们都这样。”猫猫捂着被子说。

成浩砸掉了一半的碗，掰折了一半的筷子，扔掉了一半的洗衣粉：“你走，你走。”

猫猫收拾好了衣物，行李箱刚拖到门口，她又怯生生地回头：“你的基金也是我的。”

猫猫后来还找了他，发了一大段微信文字，说什么她只是喜欢成浩，不为钱，也不为其他的东西。成浩和别人不同，这种不同深深地吸引着她。他让她想到了海里的水母，那么幽深黑暗的海底，还有他在散发光芒。成浩将其复制粘贴到备忘录，截了图，最后，他把猫猫的微信删掉了。

没有了猫猫的日子，成浩习惯了在阳台上唱歌。晚风徐徐吹过来，有点儿湿，有点儿咸。这可能是来自小城的一阵风，它跋山涉水了千里路，轻轻地抚摸着他的心。夕阳落了，天空的黑云宛如一座大山，又黑下去了，模糊了天与地的边际。一阵风来，洒满银色的星星。月亮出来了。

成浩用了很长一段时间思考永生的问题。像一头恐龙那样，死去了亿万年，又被人挖出来，拼凑出它的轮廓。这算不算永恒呢？如果我们通过什么纳米机器人，复制出了过去，无限延迟了现在，那么生与死，又有什么区别呢？作家、企业家、平民、成功人士，这些都不过是符号而已，脱离了符号，脱离了生死，人是什么？

崔总并没有把成浩的钱退回来，基金也没有上市，倒是英童被抓走了。程书记在任上挪用公款，将造桥修路的钱买了自己的房子，拆迁款也被挪用，做了投资。作为司机的英童，多少也沾染了些。成浩看着新闻上的英童，穿着橙色的囚服，低着头，头发长了乱了，胡子一片拉碴。面对镜头，他说了许多道歉的话。但成浩觉得，他并不是在为他的所作所为愧疚，他是在耍口技。他说出了这些话，而这些话背后的意思，是需要想象的。这比想象一头恐龙还要难。他父亲说过，想象，就是去想一头象的模样、食物和奔跑方式。而一头象尚有轮廓可以临摹，人心里的想法却是叵测的。人如何在听到一句话的时候，又想到它的真实意思呢？成浩也无法回答自己。不过，他还是听懂了一句。英童在电视上喊着呢。哗啦哗啦，哗啦哗啦，那是什么声音？金珠银珠落玉盘。

成浩买到了最后一张火车票。他的腰包里放着父亲的听诊器，行李箱里还有一只恐龙模型。是只蛇颈龙，可以像听诊器一样随意弯曲。他知道父亲会喜欢的，父亲一直喜欢着他喜欢的东西。以前，他觉得父亲是个酷毙了的人，听得到那么多人的心跳。现在，他明白父亲了。父亲是个悲哀的人，他听到了那么多人的心碎。

这是一辆通往海边的火车。我们去海边的时候，难免会想起五月的火车。湿润的五月，油绿的五月，轻言慢语的五月。火车在海上驰骋，也在天空中驰骋。我们坐在上面，宛如我们的父亲。每年的五月，父亲会离开烟火缭绕的窗户，如约来到火车里。这是他们美好的青春。火车会在每个站点停下，有时候在白垩纪，有时候在远古时期，会有许多恐龙进来，坐在他们旁边。成浩的父亲与一头霸王龙有过交集，它邀请他去森林里坐坐。成浩的父亲没有去，后来他就有了成浩。火车驰骋在时空的每个角落。成浩可以从终点站坐到起始站，也可以从中间坐到开头。恐龙们也是如此，它们可以从活走向死，也可以从化石走向重生。

成浩撕毁了自己的高考复习资料。知识是力量，知识可以赚钱。但总的来说，知识也只是知识而已，他们有他们自己的大海。

其实，远在1999年之前，成浩就见过恐龙了。就像那些忧伤一样，一旦告诉了父亲，忧伤就不再是忧伤，恐龙就不再是恐龙了。没错，是那只死去的水母。它卧在沙滩上，它告诉成浩，恐龙也会这般死去，他也会这般死去。他们都会安静地躺在某个地方，等待海浪将他们卷走。他们会回到他们应该在的地方。他们会历经大好河山，会沉浮，会随波逐流，也会在黑夜来临时，重现生者的光辉。

“窗外的麻雀，在电线杆上多嘴，你说这一句，很有夏天的感觉……”

唱起了周杰伦的歌，成浩感到了放松。他想起了寝室里的零食、门店里实习的孩子们。这些年，他们硌在他的心里，似乎有了温度，似乎没有。有很多时候，他把他们当作了恐龙，霸王龙、剑龙、蛇颈龙，将这个世界放入想象的世界，再将想象的世界讲给不同的人听。那是六岁的成浩，现在的他，只想为我哼一首最爱的歌。

我打断了他的歌声："成浩，我还没来得及给你念我最爱的一首诗，是一个叫张凯的'90后'诗人写的。他只比我大一天，却已经在今年4月12日离开了这个世界。我来念给你听。"

年轻人的好运气

张　凯

我们去海边的时候，脑子里还会
出现火车驰掣的那种
不可抗拒感
坐在上面，然后我们
见到大海，或者
厨房里，烟气眷恋的
那扇窗
父亲告诉我远游的必要
还有他在青海拉煤时
冷
的突出

那些他的记忆混入我的时间

或许有一天

我经过一辆车的时候，会想起

大好河山里的一点

少年忧愁

就像此刻

我与海浪沉浮的同时

某个人正步入父辈的

小村，在破旧的水泥路上

哼一首正在流行的歌

图书在版编目（CIP）数据

年轻人的好运气 / 庞羽著 . -- 石家庄 : 河北教育出版社，2022. 10

（年轮典存丛书 / 邱华栋，杨晓升主编）

ISBN 978-7-5545-7196-5

I. ①年… II. ①庞… III. ①中篇小说 - 小说集 - 中国 - 当代 ②短篇小说 - 小说集 - 中国 - 当代 IV. ① I247.7

中国版本图书馆 CIP 数据核字（2022）第 156149 号

年轮典存丛书

书　　名　年轻人的好运气

NIANQINGREN DE HAO YUNQI

作　　者　庞　羽
出 版 人　董素山
总 策 划　金丽红　黎　波
责任编辑　汪雅瑛　陈　娟
特约编辑　张　维　张金红

出　　版　河北出版传媒集团
河北教育出版社　http://www.hbep.com
（石家庄市联盟路 705 号，050061）
印　　制　天津盛辉印刷有限公司
开　　本　787 mm × 1092 mm　1/32
印　　张　7.25
字　　数　116 千字
版　　次　2022 年 10 月第 1 版
印　　次　2022 年 10 月第 1 次印刷
书　　号　ISBN 978-7-5545-7196-5
定　　价　48.00 元